Tiara Label

ティアラ文庫

アトリエの艶夜

水島 忍

presented by Shinobu Mizushima

JN283125

プランタン出版

イラスト／えとう綺羅

目次

第一章　侯爵のモデル　7
第二章　誘惑された夜　83
第三章　濡れた絵筆　131
第四章　冷たい結婚　176
第五章　捧げられた花束　230
あとがき　295

※本作品の内容はすべてフィクションです。

第一章　侯爵のモデル

一八四三年。イングランド。


風が吹きすさぶ二月の寒空の中、サラ・ケンドールは変装していた。

サラはクイントン男爵《だんしやく》の令嬢《れいじよう》だ。変装とはいえ、もちろん世間的に見ておかしな格好をしているというわけではない。しかし、豊かな金色の髪をうなじの辺りでシニヨンにまとめて、黒いボンネットをかぶり、黒い外套《がいとう》の下には同じく黒の喪服《もふく》を着ている。すべて古着屋から手に入れた地味なものだ。唯一、派手だと言えるのは、明るい青の瞳だけだろう。

サラは今、お金に困った若き未亡人という役柄を演じようとしていた。年齢は二十一歳。いや、実年齢は十八歳で、寄宿学校を卒業したばかりだ。だが、いくらなんでもこの歳では、未亡人になるには若すぎると思われてしまうから、年齢を偽ることにしたのだ。

問題は、自分が二十一歳に見えるかどうかなのだが……。

まあ、あれこれ考えてもどうしようもない。まず、実行あるのみだ。

サラはリンフォード侯爵《こうしゃく》の屋敷の扉のノッカーに手をかけ、思いっきり打ちつけた。

これからすることの結果がどうなるのか、本当はとても心配だ。未婚の若い良家の子女が未婚の男性の家に、一人で付き添いもなしに乗り込もうとしている。これが誰かに知られたら、サラは破滅してしまう。上流社会はそういうものだからだ。若い娘は何より評判が大切なのだ。

けれども、どうしても、こうする必要があった。自分のためではなく、年老いた大叔母のために。

程なくして、扉が開き、初老の執事が現れた。有能そうな執事は突然現れた喪服姿のサラを見ても、驚いたような顔は見せなかった。しかし、儀礼的な微笑を浮かべて、こちらの用件を尋ねてきた。

「ご訪問のお約束がありましたか？　ミス……」

「いいえ、ミセス・コルトンよ」

サラは胸を張って答えた。人を騙《だま》すには、堂々としていること。これが鉄則だ。オドオドとしていたら、疑われるだけだからだ。

「侯爵様にお会いしたいの。モデルの件で」

きっぱりとサラは告げた。有無を言わせない口調だ。

リンフォード侯爵は絵を描く趣味があるのだそうだ。サラは侯爵がモデルになってくれる女性を探しているとの情報を得て、それに飛びついた。是が非でも侯爵に会わなければならない。いや、侯爵のことはどうでもいい。なんとかして、この屋敷に潜り込まなくてはいけないのだ。

そのため、未亡人に身をやつして、絵のモデルになることにした。そして、絵が完成するまでの間、この家に置いてほしいと頼むつもりだ。侯爵がそれを断らなければいいと、サラは願っていた。

「絵のモデル……ですか。侯爵様にお尋ねして参りますので、しばらくこちらでお待ちください」

執事にそう言われて、玄関ホールにあるソファに外套を着たまま腰を下ろした。待たされるのは好きではないが、約束もなしに来たのだから仕方がない。しかも、今は男爵令嬢ではない。ただの貧乏な未亡人だ。

屋敷の中は外と違って、かなり暖かい。隙間風など入らない立派な建物だからだろう。外観は壮麗なゴシック様式で、建てられたのはさほど古くない時代だ。サラはここから見える内装や調度品などに目をやる。さすがにリンフォード侯爵家の屋敷だ。豪華な設《しつら》えで、一分の隙もなかった。玄関ホールから続く広間は吹き抜けで、壁面には巨大な絵が描かれている。二階へと上る階段はとても広く、赤い絨毯《じゅうたん》が敷いてあり、手すりには細かな彫刻が施してあった。

社交シーズンになると、貴族はロンドンに集まるのが普通だが、リンフォード侯爵はどうやらロンドンが嫌いなのだという。田舎に引きこもって絵を描くぐらいしか楽しみがないのだ。きっと、さぞかし野暮ったい田舎紳士なのだろう。年齢は二十八歳だと聞くが、もう年寄りくさくなっているかもしれない。服は流行遅れに違いないし、陰気で小男で太っていて、髪が薄くて、歯がぐらついていて……。

サラは待たされている間、勝手な想像を繰り広げて楽しんでいた。しばらくして、執事が戻ってくる。

「侯爵様がお会いになるそうです。どうぞ、書斎へ」

外套とボンネットを預けると、執事に案内されて、サラは書斎《しょさい》へと足を踏み入れた。その途端、サラの足は凍りついたように止まってしまう。

立派なマホガニーの机の横に立っている男性は、サラの想像とは似ても似つかない。長身でスマート、艶のある黒い髪はきちんと整えられていて、いささか厳《いか》めしいものの、綺麗な顔立ちをしていた。彼は緑の瞳できつい眼差しを向けてきた。顔は微笑を浮かべているのに、目だけは笑っていないのだ。

「そちらへどうぞ」

彼に勧められて、サラは机の前に置いてある椅子に座った。すると、侯爵も机についた。サラは背筋を伸ばして、気持ちを引き締めた。彼はきっと一筋縄では行かないような気がしたからだ。

「ミセス・コルトンです。リンフォード侯爵様でいらっしゃいますか？」

よく通る声ではきはきと尋ねた。お金に困っている未亡人の役にしては、元気がよすぎたかもしれない。しかし、お金に困っている気の強い未亡人だって、世の中にはきっといるだろう。そもそも、気丈でなければ、まったく知らない相手の屋敷に乗り込んで、絵のモデルにしろとは言わないに決まっている。

「確かに私はリンフォードだ。あなたとは初対面だし、特に誰かに紹介されたわけでもないのに、どうして絵のモデルを探していると知っている？」

「噂ですわ。私の友人の友人の兄がそう聞いたとか。間違えでなければ、私、そのモデルに立候補したいんです」

「あなたのご主人はなんとおっしゃっているのか？　それに、いきなり見知らぬ女性にモデルになりたいと言われても……」

侯爵は警戒《けいかい》しているようだった。こんな不審な女を警戒しない人間は恐らくいないだろう。自分でも相当に怪しいと思うくらいだから。

とはいえ、ここで侯爵にうんと言わせなくてはならない。サラはある目的のために、この屋敷に居座る必要があった。

「私はケント州に住む未亡人です。半年前に夫に先立たれたのですが、葬儀《そうぎ》の後になって、夫が多額の借金を残していたことが判って……」

「それはお気の毒に」

ちっとも気の毒がっていないような声で、彼は口を挟んだ。

「そんなわけで、屋敷も差し押さえられて、家を出ねばなりませんでした。実家も裕福ではないし、頼れません。さし当たって、当面の生活費が必要なんです。侯爵様、どうか私をモデルとして雇うとおっしゃってください。お願いします！」

サラは胸のところで手を組み、健気な未亡人の演技をした。しかし、侯爵は眉をひそめて、こちらを見つめている。

「どうして絵のモデルなんだ？　見たところ、ずいぶんと育ちがいいようだが、他に仕事はあるだろう？」

侯爵はサラの手を見ていた。荒れてはおらず、自分で言うのもなんだが、綺麗な手だ。育ちがいいと、この手で判断したらしい。彼はサラが想像していたより、ずっと頭が切れるようだった。

領地に引き籠《こ》もってばかりいる侯爵なんて、もっと簡単に手玉に取れると思っていた自分が浅はかだった。彼は変人かもしれないが、頭はいい。ついでに顔も素敵だし、体型だってスマートだ。頑固そうで、厳しそうに見えるが、どことなく男の色気のようなものがあって……。

寄宿学校で友人達とこっそり夢中になったゴシック小説のヒーローみたいだ。彼が悪漢に捕まった令嬢を助けにいくところを、つい想像してしまった。

彼は塔に監禁された令嬢を助けにいくかしら。命懸けで助け出した彼女を抱き締めて、キスをして、それからプロポーズをするのかしら。

サラは侯爵の顔をぼんやり見つめていたことに気づき、我に返る。

「……それとも使用人の立場まで堕ちるのは嫌だということだろうか？」

侯爵の皮肉めいた言葉に、サラはカッと頭に血が上った。だが、冷静にならなければ、自分の思うとおりにはできない。小さく息を吐き、次の言葉を探した。

「私は不器用なんです。それに、以前は実家も裕福でしたから、家の中を居心地よく気配りをすることしか学びませんでした。仕事をしたくても、本当に何もできないんです」

「それで、私の噂を聞いてモデルになろうと？　私が探しているモデルが、どういう仕事をするのか知っているのかな」

「じっと動かずに座っていればいいんでしょう？　それくらいなら、私にもできると思います」

侯爵は肩をすくめて、サラの目を見つめてきた。

「一糸まとわぬ姿になるのは厭《いと》わないと？」

「……え？」

サラは彼の言葉の意味を考えた。あまりにも信じられないことだったので、言われたことの意味を理解するのに時間がかかったのだ。やっと判ったとき、サラは顔を真っ赤にした。

「い、一糸まとわぬ姿って……生まれたままの姿になるってことですかっ？　あなたの前で？」

そんな話は聞いていない。聞いていたら、もちろんモデルになろうなどとは、考えもしなかった。サラは中途半端な情報をくれた兄を憎んだ。

侯爵はゆっくりと頷いた。

「聞いていないのか？　私が探していたのは、裸婦のモデルだ。もちろん、裸を見せてくれなければ、絵は描けない。当然だろう？」

冗談じゃない。未婚の自分が夫でもない男性の前で裸になれるわけがない。いや、夫の前だって恥ずかしいに決まっている。それに、サラがたとえ本当の未亡人だったとしても、男の前で裸になれるわけがない。そんな慎みのないことをする女性がいることはいるだろうが、少なくとも育ちのいい女性はしないと思うのだ。

だが、モデルになりたいと志願したのに、やっぱり帰りますとは言いにくい。サラはこの屋敷にどうしても住み込む必要があった。そうでなければ、泥棒のように忍び込むしかない。いくらなんでも、それは絶対にできない。もし見つかったら、どうすればいいのだ。監獄《かんごく》に送られるなんて真っ平だし、自分の正体が侯爵に知られるのはまずい。

かといって、この計画を頓挫《とんざ》させたくない。自分のためなら、とっくにやめていた。これはサラが大好きな大叔母のためだ。大叔母はもうずいぶん歳を取っている。その彼女を喜ばせるためなら、裸くらい……。

もちろん裸くらい……とは言えない。けれど、サラは子供の頃から、寄宿学校で大変な問題児として通っていた。規則破りも率先してやった。教師が眉をひそめるようなお転婆《てんば》な真似もたくさんしてきた。今まで何度も神様に懺悔《ざんげ》させられてきたことを思えば、ここでもうひとつ、懺悔することが増えたとしても、大したことではないような気がしてきた。

「やはり、あなたには無理なようだな。それでは、この話は聞かなかったことにしてあげよう」

侯爵はさも慈悲《じひ》深そうに、そう告げた。内心、自分の勝ちだと思っているに違いない。彼はきっと大人しい女性が好みなのだろう。つまり、サラのようにずけずけとものを言うような女が好きではないのだ。彼がさっさと自分を追い払おうとしていることに、逆にサラは闘志をかき立てられてしまった。

こうなったら、意地でもモデルをやってみせる。服を脱げば、誰だって裸だ。イブだって、最初は裸だったのだ。裸の何が悪い。

とはいえ、サラは侯爵の攻略方法を変えることにした。もう一度、胸の前で両手を組んで、涙で目を潤ませた。これはサラの得意技で、必殺技でもあった。

「わ、私……裸でも我慢しますわ。モデルを立派にやり抜きます。だって……すごく困っているんですもの。今は生活費にも事欠く状態で……」

精一杯、哀れな未亡人を装っているのに、侯爵は特に感銘を受けた様子もなかった。なんて人非人《にんぴにん》なの！　喪服を着た未亡人がこうして悲しみを堪えて、健気に頑張ろうとしているのに！

「そこまで言われるなら、モデルとして雇わないでもないが、ひとつ条件がある」

「なんなりと、おっしゃってください」

「私を誘惑しないことだ」

「……は？」

サラは自分の聞き違いかと思った。

「私は芸術的な観点から裸婦を描きたいだけで、愛人を求めているのではないということだ。あなたが裸で迫ってきたり、私を誘惑する素振りをちらりとでも見せたら、即刻、解《かい》雇《こ》する」

「なんですって？」

サラは憤慨《ふんがい》した。なんて自惚《うぬぼ》れの強い男なのだろう。こちらは死ぬ気で裸になるつもりでいるのに、どれだけ自分に魅力があると勘違いしているのか。確かにうっとりするほど、外見は素敵だが。

「私、夫を亡くしたばかりですのよ。ご心配なさらなくても、絶対に絶対に誘惑なんかしたりしませんわ！」

侯爵はサラの態度を見て、微笑んだ。サラがこの書斎に入ってから、初めての心からの笑みに見えた。

「実は、何度かモデルに誘惑されかけたことがある。そういう問題を引き起こしたくないものでね」

彼は侯爵で、その爵位に惹《ひ》かれる女性はたくさんいることだろう。それに、彼の容姿なら、女性がその気になってもおかしくないかもしれない。

もちろん、私は違いますけどね！

サラは誰かの愛人になりたいとは思っていないし、結婚相手にはもっと陽気な男性がいいと思っている。間違いなく、侯爵とは絶対に気が合わない。どんなに彼の容姿が素晴らしいとしても、それだけはなんとなく判る。

「侯爵様は女性にずいぶん人気がおありなんですね」

サラは彼を持ち上げておくことにする。

「そうだ」

さらりと侯爵はサラのお世辞を肯定した。

「だから、社交界も嫌いだ。私は女性のご機嫌を伺うのが好きじゃない。それから、愛人は一時の感情や欲望で選ばないことにしている。たっぷり吟味《ぎんみ》した後で、これなら大丈夫だと思った最高の相手だけを愛人にする。誘惑の手に乗るほど、私は馬鹿じゃない」

サラは彼に頷いてみせたが、内心では腸《はらわた》が煮えくり返っていた。

侯爵はとんでもない男だ。なんて傲慢《ごうまん》で最低な男なのだろう。何が最高の相手だ。何が吟味する、だ。こんな男は地獄に落ちればいいのだ。

しかし、サラはなんとか微笑み続けた。目的のためには仕方がない。

「私のほうにも、条件がありますの」

「賃金のことか？　五十ポンドをやろう」

「まあ！　そんなに！」

「あなたは私の理想からすると少し若すぎるが、それでも身体つきは悪くないように見えるから……」

サラは真っ赤になって、自分の胸を両手で隠そうとした。まさか、服の上から身体つきを値踏みされているとは思いもしなかった。そういえば、さっきから彼の視線が首より下に向かうことを不思議に思っていたのだ。

性格が悪い上に、なんて失礼な男なのだろう。こんな場合でなければ、我慢できずに立ち去るところだ。

早く目的が達せられればいい。そうしたら、すぐにでもモデルなどやめてやる。

「私の条件は賃金のことではありませんの。ひとつは、私の顔を少し違うように描いてほしいということです」

「どういう意味だろう」

侯爵は首をかしげた。

「侯爵様の絵は趣味だとお聞きしましたが、たまにはお友達に見せたりなさるのでしょう？」

「そうだな。狩りにやってきた友人や親戚《しんせき》に見せることはある」

「私にも社交界にお友達がいます。もし、私がこんな仕事をしていると知られたら、死んでしまいます」

「ああ、なるほど」

侯爵は肩をすくめた。目には軽蔑《けいべつ》の光がある。金が欲しくて裸になるくせに、何を淑女《しゅくじょ》のふりをしているのかと思っているのだろう。しかし、実際には、サラは未婚の令嬢だ。社交界デビューを控えている。こんなスキャンダルは命取りと言ってもいい。悪い噂でも流されたら、結婚できなくなってしまう。

「まあ、それくらいなら希望に沿うようにしよう」

サラはほっとしながら、次の条件を口にする。

「それからもうひとつ……実は……お仕事をさせていただいている間、こちらに住まわせてもらえないでしょうか？」

それを聞いて、侯爵は眉を上げた。また警戒するような瞳をしている。彼はどうやら女性を無防備に近づけることを危険だと見なしているようだった。サラがやはり誘惑するとでも思っているのだろうか。

「屋敷を借金のカタに取り上げられてしまって……。住むところがないんです。侯爵様のお情けにすがるつもりで、村の宿屋に荷物を置いています。どうぞ、住まわせてやると、おっしゃってください」

侯爵が内心、図々しい女だと思っているのが判った。その顔にありありと表れている。サラも自分でそう思うが、ここは譲れない。ここに住まないと、目的は達せられないからだ。

「……判った。部屋を用意させよう。ただし、私の寝室からは一番遠い部屋だ」

望むところだ。というより、そうでなくては困る。

サラは作り笑いではなく、心からにっこりと微笑んだ。すると、侯爵の目がわずかに大きく開き、何故だかサラの顔をじっと見つめてきた。

「私の顔に何かついていますか？」

サラは少し不安になった。自分がどこの誰なのか、侯爵は知らないはずだが、あんまりじっと凝視《ぎょうし》されたせいで、正体がバレたのかと思ったのだ。

「いや……。あなたを描くのが楽しみだ。ミセス・コルトン……ああ、名前はなんと言うんだ？」

「フローラ・コルトンです」

「フローラと呼んでもいいかな？」

お断りよ！

とは言わずに、サラは笑顔で答えた。

「結構です、侯爵様」

「私はアレクサンダー・ウィンダム。アレクと、友人や家族は呼ぶ」

だからと言って、サラが彼をアレクと呼ぶことはないだろう。侯爵と、絵のモデルとして雇われた未亡人では立場が違うし、そもそも、ここにはそんなに長くいるつもりはない。サラの予定では、絵が完成する前に行方をくらますつもりだ。

「それでは、早速、アトリエに行こうか」

「えっ……」

サラの笑顔が凍りついた。もう絵を描くつもりなのだろうか。

「え、えーと……まず荷物を取りにいきたいのですが。お仕事は明日からで……」

侯爵はゆっくりと立ち上がると、サラを見下ろした。今度は何故だか表情がない。わざと、気持ちを顔に出さないようにしているのだ。この男は一筋縄ではいかない。サラは自分の思うとおりにいかないことに、どうも苛々させられてしまう。

「あなたの身体に本当に五十ポンドもの価値があるかどうか、確認しておきたい。それに……あなたの気が変わるといけないから」

早速、脱げというのか。彼はゴシック小説の登場人物にたとえるなら、ヒーローではない。悪漢のほうだ。もっとも、この悪漢は淑女を狙っているのではなく、淑女に誘惑されないように自分を守っているのだが。

「私は逃げも隠れもしません！」

サラがきっぱりと言うと、侯爵はにやりと笑った。何故だか自ら罠《わな》にはまったような気がしないでもない。

いや、そんなことは気のせいだ。罠にかけたのは、こちらのほうなのだから。

「それでは、こちらへ」

侯爵が腕を差し出すので、思わずサラはその腕に手をかけてしまった。

あれ……？　何か変。

サラは首をかしげた。モデルと言えども、雇われるからには使用人のようなものだ。少なくとも、客人ではあり得ない。それなのに、どうして侯爵は彼女に腕を差し出したのだろう。

サラは疑問に思いながらも、彼にそれを問い質《ただ》すことはなかった。アレクサンダー・ウィンダムという人間の考えていることは、一般の人間とは少しずれている。やはり、彼は変人なのだ。

侯爵はサラを連れて、屋敷の奥へと向かった。


事の起こりは、サラの大叔母アンナが流感にかかったことだった。サラが薄幸《はっこう》の未亡人に化ける二ヵ月も前のことだ。

サラは男爵家の令嬢として、何不自由なく育っていた。兄が二人、弟が一人いて、唯一の女の子であるため、大層甘やかされて育ってきたと言ってもいいだろう。しかも、兄弟達と一緒になって遊んできたため、やることなすことすべてが男の子並みだった。

まず、乗馬。射撃。フェンシング。それから釣り。馬車を操ることも上手いと思う。狩り自体はしたことはないが、狩りに参加することはある。サラが兄の小さくなった服を身につけ、男の子のような格好しながら恐ろしいほどの速さで馬を駆ることは、近隣の村人にもよく知られた話なのだ。

しかし、女性らしいことはまったくできなかった。刺繍《ししゅう》や裁縫《さいほう》や音楽などに興味すらない。ほんの子供の頃には兄の家庭教師についでに教えてもらっていたため、ラテン語や歴史が好きだった。そんなサラをこのままにしておいてはいけないということで、女子寄宿学校に送り込まれたのが十三歳の頃。はっきり言って、手遅れだった。

サラは学校では大変な問題児だった。しかも、周りの良家の令嬢に多大な迷惑と影響を及ぼし続け、何か問題を起こす度に父は校長に呼び出された。嵐のごとき生徒と呼ばれたものだが、そんなサラも卒業し、来季はいよいよ社交界にデビューする。ダンスやマナーについては、学校で叩き込まれたので、問題なかった。いくらなんでも、もう子供ではないから、社交界で無茶な真似はしないだろうと思われていた。

問題はクリスマス前に起こった。大叔母のアンナが流感にかかり、長く寝込むことになった。アンナはもう七十歳だ。彼女は子供もいない未亡人で、夫を亡くした後、意地悪な義母に婚家を追い出されてしまい、今は実家であるクイントン男爵家の領地のコテージで一人暮らしをしている。

もちろん、一人暮らしと言っても、世話をしてくれる使用人はいる。だが、それだけでは淋しいはずだ。サラは子供の頃からアンナに可愛がってもらっていたので、学校を卒業してからは、アンナの家に遊びにいくようにしていた。彼女が流感にかかったときには、毎日欠かさず見舞いに出かけ、アンナを喜ばせたものだ。

そのアンナは寝込んでいたせいで、すっかり身体が弱ってしまい、気も弱くなっていた。

「もう私もそろそろ天に召《め》される運命なのかしら……」

ベッドで、そんなことを呟かれると、サラは気が気ではない。サラはアンナが大好きだった。流感くらいで天に召されるなんて、とんでもない話だと思う。

「何をそんなに弱気なことをおっしゃってるの、大叔母様。しっかりなさって！」

「でも、サラ。私はもう生きていたって、大した楽しみもないのよ」

サラはそんなアンナを元気づけたかった。だが、どうしていいか判らず、看病しながらやきもきしていた。

「ああ、せめて、あの宝石箱が手元にあればね……」

アンナは今でも亡き夫を愛している。以前、聞いた話によると、夫が誕生日に贈ってくれた大事な宝石箱を、家を出るときに義母に取り上げられてしまったのだという。もちろん手放したくなかったのだろうが、当時まだ若かったアンナは、義母に返してほしいとは言い出せなかったようだ。

中の宝石も思い出深いものではあるが、代々、婚家に伝わるものとして置いていくべきものだ。問題は箱のほうだ。それには、夫の気持ちが詰まっている。その宝石箱さえあれば、夫を偲《しの》ぶことができる。アンナはそう考えているのだ。

そのアンナの婚家こそ、リンフォード侯爵家である。アンナの夫はアレクサンダーの祖父の兄なのだ。だから、宝石箱は侯爵家にまだあるはずだと思う。もちろん、四十数年の間にどこかに紛《まぎ》れたり、誰かが壊したりしていないとも限らないが。

サラはアンナのために宝石箱を取り返したかった。そこで、何度も侯爵に手紙を出した。心を込めて事情を書き、どうぞ宝石箱を返してくれと。しかし、一通も返事が来なかった。まったく無視されていたのである。女性の名前が軽んじられる理由だったかもしれないと思い、父にも手紙を書いてくれるように頼んだ。

だが、父はすげなく断った。

「そんなことはできない。おまえだって、リンフォード侯爵家とクイントン男爵家がどれほど仲が悪いか、知っているだろう？」

それは今から百五十年ほど前の話だ。

当時の男爵は侯爵に金を借りた。返せなかったら領地の一部を侯爵に渡す約束で。男爵は約束どおり金を返した。が、そこにほんの少しの行き違いがあった。彼の秘書が侯爵の家まで金を持っていこうとしたが、馬車が壊れて、修理に時間がかかってしまったのだ。結果的に期日に間に合わなかった。たった一日だ。そこで侯爵は約束どおり男爵の領地の一部を自分のものにしたのだ。

男爵は事故のことを侯爵が認めないと怒り、侯爵は言いがかりをつけられたと激怒した。その後、百年の間、両家はいがみ合った。しかし、いい加減に仲直りをしようではないかということで、アンナが侯爵家に嫁いだのだ。

「知っているけど、もうずっと昔のことなんでしょう？　今更どうだっていいじゃないの」

サラは父にどうしても手紙を書いてほしかった。

「おまえのお祖父様は妹が家を追い出されたことを、大げさに社交界で吹聴《ふいちょう》したんだ。それで、向こうは不当に恥をかかされたと思ったのさ。今更、手紙を書いたって、返してくれるはずがない。それに、私は子供の頃から、リンフォード侯爵家とは関わりを持つなと戒められてきた。叔母様のためでも、絶対駄目だ」

サラは父を説得するのを諦めて、今度は兄達に訴《うった》えた。しかし、彼らも嫌がった。

誰もやらないなら、自分がやってやると、サラが雄々しく立ち上がったとしても不思議はないだろう。ただし、侯爵家に住み込み、宝石箱をこっそり拝借するという計画は、自分でも乱暴すぎるとは思う。

早い話が盗みに当たるのだから。

けれども、サラが盗むのは宝石箱だけだ。それも、元々はアンナのものなのだ。返してくれないから、強制的に返してもらう。それだけのことだ。

それに、サラは侯爵家から出ていくときには、彼からもらった賃金は置いていくつもりでいる。アンナによると、宝石箱は大して高価なものではない。絵のモデルをやった上に、お金は置いていくのだ。侯爵には損にはならないのではないかとも思った。

しかし、問題は彼が裸婦を描きたいと思っていることだった。なんとかごまかす方法はないだろうか。できれば、裸にならずに済ませたい。

未婚の未亡人のふりをして絵のモデルになると決めたのは、侯爵が社交界に滅多に出ないから、正体がばれる心配がないと思ったからだ。もちろん、ばったり出会ったとしても、知らぬふりをするくらいの図々しさは持ち合わせているが。しかし、相手が自分の身体の隅々まで知っているとなると、果たしてそこまで図太く振る舞えるか、自信がなかった。

ともあれ、サラはすでにこの屋敷に来てしまった。モデルになると言い張って、侯爵はその話を受けてしまった。

とにかく正体がばれないようにしなければいけない。自分がサラ・ケンドールという名で、未婚の男爵令嬢だということだけは、絶対に彼に知られてはならない。サラは家を出るにあたって、寄宿学校時代の友人の家へ遊びにいくという嘘をついている。その嘘に友人も口裏を合わせてくれているのだ。もし、これがばれたら、自分の評判が犠牲になるだけでなく、友人にもきっと迷惑がかかるだろう。

サラはリンフォード侯爵家の人間を信用していない。男爵家との間にはいろんな問題が横たわっている。彼が真実を知ったら、どうするのかと思うと、想像しただけで身震いをしてしまう。

彼は悪漢にふさわしい男なのだ。しかも、自惚れの強い男だ。用心するに越したことはなかった。

「ここがアトリエだ」

アレクに言われて、サラは絵の具の匂いがする二階の部屋を見回した。北向きの大きなフレンチドアがあり、そのままバルコニーに出られるようになっている。壁には、彼の作品なのか、いくつか絵がかけてあった。風景画や肖像画だ。何も立てかけていないイーゼル、それから、絵の具箱など細々としたものが置いてあるテーブルの他に、大きな作業台があった。そして、休憩するときのためなのか、座り心地のよさそうなソファやテーブルも置いてある。

「もっと雑然とした部屋なのかと思っていました」

サラはゆっくりと感想を述べたが、どうやって裸になるのを回避しようかと必死で考えを巡らせていた。いざとなったら潔《いさぎよ》く脱ぐつもりではいたが、今日は嫌だ。まだアレクとは会ったばかりで、心の準備ができていない。

だいたい、裸になる予定なんて全然なかったのに。

つくづく、アレクの情報をもっと真面目に集めるべきだったと思う。中途半端な情報で無謀な計画を立ててしまった自分の愚かしさに、涙が出そうだった。

ああ、神様。この自惚れ侯爵から私をお守りください。

サラは寄宿学校時代、何度も礼拝堂で懺悔をさせられた。あれだけ神に祈りを捧げたのだから、願いを聞いてくれてもいいはずだと思う。もっとも、そんな考え自体が心得違いだと、教師には言われたものだが。

「あの……侯爵様、私、今日は少し熱っぽくて……。裸になるのは明日に……」

アレクは眉を上げて、部屋の隅にある衝立《ついたて》を指差した。

「今更、逃げようなどと思わないことだ」

仮病だと決めつけられたのが腹立たしかった。とはいえ、確かに仮病で逃げようとしたのだから、文句を言う筋合いでもない。

サラは渋々、衝立の裏に回った。息を大きく吸い込むと、勢いをつけて服を脱ぎ始める。とにかく脱がないことには、お金に困った未亡人の役はできそうにない。風呂に入るときと同じように、身に着けていたたくさんの衣類を次々と脱いでいき、最後に靴と靴下も脱いで、サラは生まれたままの姿になった。

自分の身体を見下ろし、サラは思わず身震いをした。実際、寒かったこともある。今は二月なのだから、無理もない。しかし、それ以上に、アレクにこの姿を見られることを想像すると、怖くてならなかった。

未婚の女性は男性と二人きりになるべからず。

そんな決まりが上流社会にはある。サラは未亡人のふりをしていることで、この決まりをあっさりと破っていたが、実際には未婚の乙女なのだ。それに、どうして男性と二人きりになってはいけないか、その理由くらい知っている。

これもまた寄宿学校時代に、いけない本の回し読みをして得た知識だ。男性は魅力的なご婦人と二人きりになったら、欲望を抑えられないのだという。自分が魅力的かどうかはともかくとして、何しろ裸なのだ。襲われたら身の破滅だ。アレクは彼女を愛人にする気はまったくないようだが、それが本心かどうかなんて判らない。

欲望を抑えられない男性が女性に何をするのかも知っている。甘やかされて育ったものの、三人の兄弟と同等に扱ってもらっていたのだ。いろんなことは自然に耳に入ってくる。正直なところ、そんな行為をしたいとは思わないが、結婚したらそれは仕方のないことなのだという。けれども、それは結婚すればの話だ。未婚の自分はそんな経験なんて絶対にしたくない。

「まだ決心はつかないのか？」

アレクの苛々《いらいら》したような声が聞こえた。気がつけば、サラは脱いだばかりのペチコートの内の一枚を胸まで引き上げて震えていた。

彼に裸を晒《さら》す勇気が出ない。だが、いつまでもここにいても仕方がないのだ。

彼女は震える足で衝立の陰から出た。

アレクは眉をひそめている。サラがペチコートで身体を隠しているからだ。それでも、薄いペチコート一枚なのだから、恥ずかしくて仕方がない。胸まで引き上げているから、足元は見えているし、腕も肩も首周りも胸元も剥き出しのままだ。

アレクの視線が彼女の全身に注がれる。サラは顔を真っ赤にしてうつむいた。

「隠していたら、意味がないと思うが」

「わ、判ってます……。で、でも……すごく寒いし……」

暖炉《だんろ》に火を入れるくらいのことはしてくれてもいいのに、アレクの気の利かなさに腹が立つが、暖かくされていたら、ペチコートで身体を隠す言い訳ができなかっただろう。どちらがいいのか、サラはもう判らなくなっていた。

この姿でも羞恥心《しゅうちしん》で死にそうだった。これで裸なんて見られたら、自分は一体どうなってしまうのだろう。

心臓がさっきから破裂しそうな勢いで動いている。このまま気を失って倒れてしまいそうだった。いや、ここで失神したら、一生の恥だ。こんな姿で意識をなくすなんて、とんでもないことだった。

サラが必死でペチコートを押さえていると、アレクが近づいてきた。

「確かに寒いな」

アレクはサラを寒さから守るように、抱き締めた。

「えっ……あのっ……」

サラは混乱の極みにあった。寒いからといって、どうして彼にこんな真似をされなくてはいけないのだろう。夫でもあるまいし。

剝き出しの肩や背中に彼の手の感触がある。サラは頭に血が上るのを感じた。ドレス越しでも手袋越しでもない。素肌と素肌が触れ合っている。

「な、何をなさっているんです？」

胸がドキドキしている。彼から離れなくてはいけない。そう思うのに、何故だか身体を離せなかった。

学校にいる頃は、様々なイタズラや規則破りをしてきたサラだったが、これほどまでに自分が冒険していると感じたことはなかった。

「フローラ、君は緊張しすぎているようだ」

「だって……殿方の前で裸になるのは初めてだから」

「君には夫がいたのだろう？」

そういえば、つい忘れそうになるが、サラは未亡人という立場のはずだった。サラは慌てて言葉を探す。

「その……こんな明るいところで脱ぐことなんてないです」

「ああ、君の夫は暗闇の中でベッドを共にしていたのか。そういう男がいるとは聞いていたが……もったいないことだ」

アレクはサラの髪をまとめていたピンを勝手に引き抜いていく。

「この髪も……下ろしているほうがいい。私のモデルになるときは、絶対に下ろすように」

金色の髪がくるくると落ちていき、剝《む》き出しの背中に垂れる。アレクはやっと身体を少し離して、サラを見下ろした。

「君は一体、何歳なんだ？　未亡人にしては、ずいぶん若いように思えるが」

アレクは眉をひそめている。サラはわざと大人っぽく見えるようにと、髪をまとめていたことを思い出した。

「二十一歳です。二十歳で結婚して、夫はすぐに……」

「そうか。気の毒に。……髪を下ろすと、若く見えるな。まだ娘のように……」

アレクの言葉にドキッとする。一瞬、未婚の娘だとばれたかと思ったが、そうではないようだ。彼はサラの髪の一房《ひとふさ》に指を絡ませ、手触りを楽しんでいるようだった。それにしても、距離が近い。絵のモデルなら、もっと離れているべきではないかと思うのだが。

これでは、サラのほうが誘惑されているような気分になってくる。いや、そんなはずはない。彼は愛人ではなく、モデルが欲しいのだと言っていたのだから。

いきなり抱き締められて、動揺していたものの、サラは少し落ち着いてきた。まだ心臓がドキドキしているのは、彼が傍《そば》にいるせいだ。離れていれば、きっと楽になれるに違いない。

しかし、アレクが急に我に返って、ペチコートを下ろして裸になれと言い出さないとも限らない。それだけは避けたかった。

「あの……侯爵様は何歳なのですか？」

本当は知っていたが、なんとか彼の興味を自分の身体から逸《そ》らさなければならないと思ったのだ。

「私は二十八歳だが、何か関係があるかな？」

「いえ……。社交界に顔を出さずに絵ばかり描いているという噂《うわさ》があったから、もっとお年を召したかただと思っていたんです」

アレクはくすっと笑った。

「変人だという噂があるのは知っている。まあ、まったく社交界に顔を出さないというわけではないんだが。これでも、ロンドンの紳士クラブくらいには顔を出す。それに、私はここで絵ばかり描いているわけでもない。他の貴族より領地や自分の財産について真面目に考えているだけのことだ」

「領地や……財産？」

クイントン男爵家に伝わる話では、リンフォード侯爵は代々、強欲だという。両家のトラブルは金銭の問題から始まっているのだ。アレクもまた領地や金には厳しいのだろうか。

「父は領地も財産も管理する能力がなく、だらしなかった。もちろん女性にも。そのことで母は何度も泣かされてきた。だから、父が死に、私が爵位を継いでからは、領地を管理して、財産を増やすように努めてきた。貴族だから裕福だという時代は過ぎたんだ」

サラは一番上の兄が似たようなことを言っていたのを思い出した。そのことで、父と喧嘩もしていた。父は、近頃では貴族より金儲けの上手い者が社交界でも幅を利かせ始めていると嘆《なげ》いていた。しかし、彼らを蔑《ないがし》ろにするより、彼らと手を組み、同じように金儲けをしたほうが、将来的には子孫のためになるのだというのが兄の持論だ。

確かにお金は大切だ。だが、大概《たいがい》の貴族はまだ金より気位を大切にしている。あくせくと働く者を見下しているのだ。

サラはアレクを見直した。ただの変人というわけではなかったのだ。母親を大切にする気持ちもあるようだし、それなら悪漢ではないのだろう。自惚れが強くて、女性を値踏みするところは気に食わないが。

ふと気がつくと、またアレクの身体が近づいている。彼の手がサラの身体をふんわりと抱き締めてきて、背中をさするような動きをした。触れられただけでも動揺していたのに、身体を撫《な》でられて、サラの鼓動が跳ね上がる。

「こ……侯爵様……！」

「震えているな」

それは寒いからだ。他に理由はないはず。たぶん。

だから、早く服を着るようにと言ってほしい。ペチコートで身体を覆っているとはいえ、ほぼ裸だ。薄い布越しにアレクの体温を感じてしまい、サラは気が遠くなりそうだった。

「あの……あの……」

「こんなに緊張しているようでは、まともなモデルが務まりそうにないな」

サラははっと身体を強張らせた。やはり雇えないと言われたら困る。

「大丈夫です！　本当に……頑張りますから……お願いです。諦めて出ていけなんて、おっしゃらないで！」

サラは必死で頼み込んだ。思わずアレクの腕に片方の手をかける。すると、二人は抱き合っているような格好になってしまった。

「心配しなくていい。こんな格好までさせておいて、出ていけとは言わない。だが、もっと私に慣れて、緊張を解いてもらわないと話にならない」

「わ、判りました。緊張を……解けばいいんですね……」

しかし、どうやって緊張を解いていいか判らない。アレクに慣れることなんて、一生かかっても無理なような気がした。

「君は素晴らしい身体をしているようだな……。絵に描くのが楽しみだ」

アレクに耳元で呟かれて、サラは飛び上がりそうになった。

「そんな……。見てもいないのに……」

「こうして抱き合っていれば判る」

　ペチコートを押さえてない側のサラの乳房は彼の硬い胸板に押しつけられている。しかも、彼の手が背中から腰へと撫でていく。彼は撫でることで身体のラインを調べているようだった。どちらもペチコート越しのことなのだが、サラは自分が裸でいるような気がしてきた。

　いっそ裸になっていれば、触られなかったのだろうか。だが、どうしても、こんな明るいところで裸を見られたくなかったのだ。

「鼓動が速い。これがもっとゆっくりになるまで、訓練を続けなくてはならないな」

「訓練って……これがですか？」

「仕方ないだろう。君の緊張が解けないいんだから」

　彼に他意はないのだろうか。サラは少し疑いの気持ちを抱いた。なんだか、彼のいいように触られているような気もする。

「侯爵様……これは誘惑じゃないですよね？」

「ああ、君は誘惑していない」

「侯爵様が誘惑しているわけでもないですよね？」

　アレクはくすっと笑って顔を上げ、サラの顎《あご》に手をかけた。目と目が合う。彼の瞳が優

しげに見えてしまって、サラは体温が急激に上がってしまったように思えた。

「そうだ。これは……ただ君に慣れてほしいだけ。訓練なんだ」

彼の顔が不自然に近づいたかと思うと、サラは唇を重ねられていた。

キスされているなんて……！

彼女は彫像のように固まった。キスされるとは思わなかったのだ。

もちろん、これは初めてのキスで……。

柔らかな唇がサラの唇を包んでいる。これが誘惑じゃなくて、なんなのだろう。サラは彼の手から逃れるべきだと思った。けれども、やはり身体が動かない。アレクにとっては、サラはただの未亡人だ。キスくらい慣れていると思われている。しかし、サラは未婚の娘なのだから、こんなキスに惑《まど》わされてはいけないのだ。

そう思うのに、どうしても彼を押しやれない。彼は唇を離すどころか、サラの薄く開いた唇の中へと舌を潜り込ませてくる。

「んっ……」

舌をからめとられて、サラは驚いた。

でも、全然、嫌じゃない。それどころか……頭の中がふわふわしてきて、変な気分になっている。

サラの身体から力が抜けていく。はっと気がついたときには、手で押さえていたはずのペチコートが滑り落ちていた。

アレクが驚いて、唇を離した。サラは彼の目の前に裸身を晒《さら》していた。足元にペチコートが溜まっているだけの全裸だ。

サラは慌てて屈《かが》むと、ペチコートを胸まで引き上げた。が、もちろんもう遅い。アレクは彼女のすべてを見逃さなかったに違いない。サラは顔を真っ赤にして、彼の手から逃れるように少し後ずさりをした。

「想像どおりの綺麗な身体だな。五十ポンドの価値はある」

追い討ちをかけるように言われて、サラはどういう顔をして彼を見ればいいか判らなかった。とにかく恥ずかしい。裸くらいなんだと思っていたものの、やはりとんでもない。大叔母のためとはいえ、こんなことを続けるくらいなら、泥棒として屋敷に押し入ったほうがましだったかもしれない。

フローラ・コルトンなる人物が架空の未亡人で、サラとは無関係だと思ってみても、やはり無理だった。この身体はフローラではなく、サラでしかなかったからだ。

「私……」

この話はなかったことにしたいと言おうとしたのだが、その前にアレクに遮られた。

「今日は少し急ぎすぎたかもしれない。明日から、毎日、一枚ずつ脱いでいくのはどうだろう？」

「一枚ずつ……？」

「君が私に肌を晒すことに慣れるまでだ。明日、脱ぐのはドレスだけだ。コルセットもペチコートもそのままでいい。そして、明後日はドレスとコルセットを脱ぐ。その次の日は、ドレスとコルセットとペチコートの一枚目を脱ぐんだ」

サラにもやっと彼の言いたいことが判ってきた。日にちが経つにつれて、全裸に近づいていくというわけだった。

「そんなふうに、私と話をしながら気楽なポーズを取ってもらう。それなら、君もそこまで緊張しなくて済むんじゃないか？」

それなら、全部脱いでしまうまでに、宝石箱を見つけて逃げ出せるかもしれない。サラはすぐにその提案に飛びついた。

「ええ、それなら、きっと大丈夫だと思います」

サラはほっとしながら笑みを見せた。それに応えるように、アレクも微笑む。

「よし、そうしよう。私が描きたいのは、緊張した乙女ではなく、奔放《ほんぽう》な女神なんだ」

「奔放な女神……ですか？」

サラはまばたきをして、アレクの顔を見つめた。彼の眼差しには謎めいた光があるだけで、本心は見えなかった。自分が女神のようだとは思わないが、彼の頭の中では絵のイメージがすでにできているのかもしれない。

「今のところ……貞淑《ていしゅく》な若い未亡人だが、そのうちに君は変わる」

サラはそれを聞いて、何故だか身体を震わせた。彼がまた誘惑めいたことをしてくるかもしれないと思ったのだ。彼自身は訓練だと言っていたが、サラからすると、あれは誘惑でしかない。

彼にまたキスされて、いつもの私でいられるかしら……。

正直、自信がない。いや、自分は初めてのキスに惑わされているだけだ。彼は傲慢で、自惚れの強い男だ。誘惑するなと言いながら、自分は勝手に承諾も得ずにキスをしてくるような男なのだ。

こんな男のことは警戒してしかるべきだ。絶対に気を許してはいけない。

「寒いだろう。もう服を着るといい」

アレクは優しい仮面をつけている。しかし、彼が心から優しいかどうかなんて、サラには判らない。

「はい、お言葉に甘えて」

サラはアレクの許しが出ると、さっと衝立の陰に隠れた。そして、彼が覗こうなどと不《ふ》埒《らち》な考えを起こさないうちに、手早く服を身につけた。とはいえ、脱ぐより着るほうが、時間がかかるものだ。それに、コルセットを一人でつけるのは、なかなか大変なのだ。

なんとかやり終えて、衝立の外に出る。アレクは椅子に座り、作業台に置いたスケッチブックに木炭を走らせていた。それに何気なく目をやり、サラは凍りついてしまう。

彼は今さっき見たばかりのサラの裸体を絵に描いている。趣味だというから、もっと下手だと思ったのに、かなり上手い。いや、そんなことに感心している場合ではない。自分の秘密が彼の手によって、紙に描き写されているのだ。

これは……とんでもないことだ。

一日も早く宝石箱を見つけて、逃げ出そう。そうしなければ、サラのすべてがアレクに知られて、記録として残ってしまう。それがミセス・コルトンのものだと思ってみても、やはり嫌なものは嫌だ。

アレクは目を上げて、サラを見た。

「また、羞恥心で死にそうな顔をしている」

「……死にそうです。本当に」

サラは思わずそう呟いてしまい、慌てて付け加えた。

「でも、頑張ります！　裸になったからって、恥ずかしさで死んだ人はいませんもの」

それでも、身をよじりたくなるほど恥ずかしかった。彼はせっせと記憶の中の彼女を描くのに夢中になってしまっている。

「よければ、宿屋まで荷物を取りにいきたいのですが」

「ああ、そうしたまえ」

アレクはやっと手を止めて、立ち上がった。そして、紐《ひも》を引いて、使用人を呼ぶ。すると、すぐに従僕がやってきた。

「ミセス・コルトンはしばらくここに滞在することになった。村の宿屋まで荷物を取りにいくそうだから、馬車の用意をして、彼女の供をするように」

「まあ、侯爵様、ありがとうございます」

馬車がなければ、荷物を運ぶのは大変だと思っていたのだ。長居はするつもりはないから、それほどの大荷物ではないが、自分で運ばずに済んだのは嬉しい。素直にサラはアレクに感謝した。

アレクはにやりと笑った。

「君はいい仕事を選んだ。君も私もお互いに満足のいく結果になりそうだな」

それは、いい絵が描けるとか、そういうことなのだろうか。そして、サラは週十ポンドの高額給金を得るという意味なのだろう。

サラは微笑んで、お辞儀をした。

「それでは、失礼します。侯爵様」

「ああ、また会おう。フローラ」

アレクはすでにとても満足そうだった。

サラのために用意された部屋は二階にあり、内装も家具も豪華だった。どう見ても、使用人の部屋とは言えない。ゲストルームのようだった。アレクは絵のモデルとして彼女を雇いながらも、何故だか自分と同等と見なしている。

ミセス・コルトンなんて実在の人物ではないし、それどころか縁もゆかりもないのに勝手に押しかけてきたのだから、かなり怪しげな女だと言ってもいい。育ちがいいと彼は思っていたようだから、それで屋根裏の使用人部屋に押し込むのはよくないと考えたのだろうか。

ともかく、サラは客人のような扱いを受けている。サラのために、メイドが暖炉に火を入れてくれ、荷解きもしてくれて、夕食のための着替えも手伝ってくれた。サラには慣れた生活ではあったが、なんとなく不思議な気分だった。

夕食もアレクと一緒に食堂で摂ることになっている。信じられないほどの好待遇《こうたいぐう》で、サラは逆に彼の意図を疑った。もしかしたら、サラの正体について、何か感づいているということはないだろうか。

未亡人にしては若すぎるとか、喪服が板についていないとか、自分では気がつかない不自然なことがあるかもしれない。

しかし、たとえ疑問を抱かれるにしても、こちらが尻尾を摑ませなければいいのだ。しかも、宝石箱を見つけるまでの間だけ。

サラは二階から階段を下りていく。もちろん、夕食のための服とはいえ、喪服姿だ。彼女は今のところ、夫の死を悲しんでいる未亡人だからだ。

彼女は応接間のソファに座る。ほんの少し待っていると、アレクが現れた。彼の正装した姿を見て、サラは目を瞠《みは》った。

昼間見たときより、ずっと素敵だ。雪のように白いクラヴァットとそれにつけてあるエメラルドが目を惹く。黒い髪も乱れたところがまったくない。彼はサラの姿を見て、眉をひそめた。

サラは彼のそんな表情を見て、ムッとする。自分のどこが彼のお気に召さないのかと思うと、腹が立つのだ。

「あら、何か？」

サラは皮肉たっぷりに尋ねた。

「髪だ。またピンで留めている」

「今夜は正式な夕食なのでしょう？　髪を垂らしていたら変だわ」

未亡人は決してそんなことはしないものだ。いや、未亡人でなくても、大人の女性は若い娘のような真似はしないはずだ。

「そのほうが君に似合うのに」

「アトリエではそのように」

サラはにっこりと笑いかけた。それにつられたように、アレクも微笑む。

「何か飲むかい？」

彼が訊いているのは酒のことだ。サラは酒など飲んだこともなかった。

「いいえ、結構です」

アレクはキャビネットからグラスを取り出し、デカンタからブランデーを注いだ。そして、彼女の向かいのソファに腰を下ろす。

「そういえば、侯爵様のご家族は……？」

「アレクと呼んでくれ」

サラは息を吸い込んだ。馴れ馴れしく名前を呼べというのか。できれば、サラは彼と距離を置いておきたかった。アトリエでの失敗を繰り返したくなかったからだ。しかし、彼がそう呼べと言うなら、逆らう理由はない。

「アレク……のご家族は？」

彼は名前を呼ばれて、嬉しそうに微笑んだ。こんなふうに客人扱いをされてしまったら、給金なんてもらえなくなる。もちろん、サラは受け取っても、置いて帰るつもりだったが、それにしても、本当の未亡人だったらさぞかし困惑したことだろう。

「私には母と妹が一人いる。二人とも、すでにロンドンに乗り込んで、買い物や何かを楽しんでいるよ」

「まだ社交シーズンも始まってないのに？」

「気の早い連中はクリスマスからロンドンに出かけるそうだ。私はロンドンという街が好きじゃない。仕事の用事や、どうしても母や妹に付き添わねばならないときだけ、顔を出すようにしているんだ」

「大抵の貴族は、シーズン中は社交に勤《いそ》しむものですけど……」

「変人だと言いたいのかな。まあ、否定はしない。自分でも変わっているとは思う。だが、秋には狩りを催すし、ハウスパーティーも開く。社交をしないというわけでもない。君は社交界にデビューしたんだろうね？　ご主人とは舞踏会か何かで知り合ったのかな」

そんなことを訊かれるとは思わず、サラは困った。社交界のことなんて、あまり知らない。まだデビューしていないのだから。

サラは頭を素早く巡らせて、なんとか破綻《はたん》のない話を作ろうと考えた。

「デビューするような歳になったときには、家庭があまり裕福ではなくなっていたので、結局、デビューしなかったんです。ドレスとか、そういう支度が大変でしょう？　夫は遠い親戚でしたの」

「もしかして、親が決めた結婚だった……？」

「ええ、最初は。でも、結婚前には好きになっていました。夢中だったわ。私のためにいくつも詩を作ってくれて……素敵な人だったの」

サラは自分の作り話に酔っていた。子供の頃、よく友人に適当な物語を作って、話していたことを思い出す。だが、いつも受けが悪かった。友人はお姫様の話が聞きたいのに、サラは王子様が竜を倒したり、悪い魔法使いと戦ったりする話が大好きだったからだ。

「ご主人はどうして亡くなった？　病気か、それとも事故か」

サラは我に返り、なんだか妙に怒っているような口調で訊くアレクの顔を見つめた。

「病気で……。元々、身体が弱い人だったんです。でも、まさかあんなふうに、あっけなく死んでしまうなんて……」

サラはうつむいて、ハンカチを目にやった。もちろん本気で泣いているわけがない。ただの嘘泣きだ。

「つらいことを訊いてすまなかった」

そんなふうにアレクが謝るのも、計算の上だ。これで容赦《ようしゃ》なく質問をしてくるような男は紳士ではない。

「しかし、君をそんなに夢中にさせたご主人は、借金漬けだったんだね。君を路頭に迷わせるなんて」

彼は一言多かった。サラは舌打ちしたい気分だったが、我慢した。

「ええ、でも、侯爵様に出会って、私は幸運でしたわ」

「侯爵様ではなく、アレク、と」

しかも、しつこい男だ。自分の思うとおりにしないと気が済まないのだろう。やはり、傲慢な男なのだ。

「アレク」

彼の名を口にすると、アレクは口元に笑みをたたえた。

「そうだ。君とはいい友人になれそうな気がする」

だから、アレクと呼べと言っているのだろうか。彼の考えはさっぱり判らない。最初は、サラをあれほど警戒していたくせに。

「そうでしょうか……。私のような者が……」

「君には絵のモデルとして報酬を払うが、私の友人のようなつもりでいてほしい。もっと気軽に話してもらいたいし、気安い関係になれば、君も緊張しなくなるかもしれない」

なるほど、そういうことか。彼は絵のモデルとして、サラがちゃんと役に立つかどうかしか、興味がないのだ。だから、そのために待遇もよくしているのだろう。

サラは少し残念に思った。

キスまでしたのに。少しくらい、私に興味を持ってくれたのかと思っていたのに……。

いや、そんな愚かなことを考えてはいけない。彼はリンフォード侯爵なのだ。クイントン男爵家の天敵だ。気を許してはいけないし、まして恋の相手としては全然ふさわしくない。

だいたい、彼は傲慢で、女性から誘惑をされることに慣れている。女性など、自分の好きなように扱えると見下しているに違いない。そんな男を好きになったりするものか。

サラは複雑な本心を胸の奥に上手に仕舞った。

「では、友人のように……」

「ああ、そうしてくれ」

そんなふうに言いながら、アレクの瞳は強い光を放ちながら、サラを見つめていた。

やがて、食事の用意ができたことを執事が告げる。二人は食堂へと向かい、テーブルについた。彼は上座で、サラはその横の席が用意されている。こんな近くで食事をすることになるとは思わなかった。

テーブルの上の三本に分かれた銀の燭台《しょくだい》に、蠟燭《ろうそく》が立てられている。温かい光と生けられた花、そして白いテーブルクロスが食堂を美しく見せていた。

ロマンティックだわ……。

そんなことに大して興味のなかったサラだったが、この飾りつけが自分のためだと思うと、気分がよくなってくる。アレクに本当に歓迎されているような気さえした。

あまりに嬉しかったので、グラスに注がれたワインにも口をつけてしまった。

「おいしいわ……すごく……」

「初めてワインを口にした人のようなことを言う」

まさしく、そのとおりだったが、サラはただ微笑んでおく。アレクには決して尻尾《しっぽ》を掴ませたりしない。

未亡人のミセス・コルトンがどこにも存在しないことを、彼は知らないのだ。


屋敷がすっかり寝静まった頃、髪をひとまとめにして三つ編みにしたサラは、ゆっくりとベッドから起き上がった。

部屋にあるランプに火をつけ、ナイトドレスにガウンを羽織り、しっかりとサッシュを締める。暖炉の火は消えているから、ずいぶん寒くなってきている。しかし、こんな夜中でなければできないこともあるのだ。

アレクが裸婦を描きたいと思っていたことは誤算だったが、実はもっと大きな誤算があった。アレクの母がロンドンに出発していることだった。宝石箱は普通、女性が持っているものだ。アレクの母も妹もロンドンにいるとなると、宝石箱もここにはない可能性がある。

アンナの宝石箱は木製のもので、天使と百合《ゆり》の花をモチーフにした美しい彫刻があったそうだが、さほど高価なものではなく、今となっては古くなって使用されていないかもしれない。捨てられていなければいいのだが……。

サラはそんな恐れを抱きながら、明かりを小さく絞ったランプで足元を照らして廊下へと出た。廊下《ろうか》は部屋の中よりずっと寒い。震えながらも、サラはまずアレクの母、つまり侯爵未亡人の部屋へと向かった。

着替えを手伝ってくれたメイドから、それとなくこの屋敷のどこに何があるのかを聞き出していたのだ。侯爵未亡人の部屋はサラの部屋からそれほど遠くはないところにある。

足音がしないように、なるべくこっそりと歩き、扉を開く。誰もいないと判っているのに、心臓がドキドキして、気分が悪くなりそうだった。

駄目よ、こんなことじゃ……。

サラは寄宿学校時代、就寝時刻以降に部屋を出てはいけないという規則を無視して、何度かこういう冒険をしたことがある。しかし、それはいずれも他愛のないゲームのようなものだった。今のように、明らかに他人の部屋に入り、何かを盗もうとしていたわけではないのだ。

意外と自分は小心者だったようだ。きっと泥棒には向かない。侯爵未亡人がロンドンに行っていてよかったかもしれない。宝石箱を見つけるという目的からすると、本当はよくないが、侯爵未亡人が寝ている部屋に忍び込むような芸当は絶対にできそうにない。

サラは部屋を見回した。彼女の居間には書き物机などがあり、引き出しを開けてみたが、目的のものは見当たらない。彼女は衣装簞笥《たんす》の中や鏡台の引き出しの中も見てみたが、やはりなかった。宝石箱はロンドンにあるのだろうか。

しかし、木製の古いもので、さして豪華な作りではなかったそうだから、宝石箱としてではなく、別の用途として使われていたり、或《あ》るいは物置に押し込められているとも考えられる。

果たして、アトリエで再び裸になる前に宝石箱を見つけられるのか。

見つからなかったら、なんのためにここに乗り込んできたのか判らない。なんとかして見つけたい。しかし、もしとっくの昔に処分されているものなら、見つけようがないのだ。

とにかく、今度はアレクの妹の部屋を探してみよう。案外、あっさり見つかることだって考えられる。サラは侯爵未亡人の部屋を出て、忍び足でアレクの妹の部屋へと向かった。

彼女の部屋に行くには、入り組んだ廊下を歩かねばならない。ランプの明かりで足元を照らすが、この光で誰かに感づかれるのではないかと、気が気ではない。

サラははっと足を止めた。誰かの気配を感じたからだ。

「……誰だ？　何をしている？」

暗闇の中からアレクの声が聞こえる。隠れたかったが、ここで隠れたら、ますます怪しまれる。サラは声がする方向へとランプを掲げた。

廊下の向こうにアレクがいた。彼こそ明かりも持たず、一体何をしているのだろう。いや、彼はこの屋敷の持ち主なのだから、どこで何をしていようと勝手なのだが。

「君か、フローラ。こんな夜中に何をしているんだ？」

サラは用意していた言い訳をすらすらと口にした。

「目が冴えてしまって……。少し本でも読んだら眠くなるかと思ったんですが、図書室はどちらでしょう」

「図書室だと？　こんな時間に本を読むというのか？」

アレクはこちらへと歩きながら、眩《まぶ》しげに目を細めた。彼は暗闇の中にいたから、それに目が慣れていたのだろうか。

「あなたこそ、こんな夜中に何をしているんですか？」

サラは澄まして尋ねた。自分は悪くないというふりをするためには、相手を攻撃すればいいのだ。案の定、彼は不愉快そうに顔を歪めた。

「君に何か言い訳をする必要はない」

「あなたのお屋敷ですものね。ただ、こんな時間に鉢合わせしたのをおかしく思っただけで」

「私はアトリエで絵を描いていただけだ」

こんな時間に……？

サラは彼がこの時間に起きている可能性があることを、頭の中にちゃんと入れておこうと思った。

「いつも、そうなんですか?」

「いや……。今日は寝つけなかったから」

アレクはサラの胸の辺りに視線をさ迷わせた。サラは自分の頬がカッと熱くなるのを感じた。彼はきっとアトリエで彼女の裸身を思い出しながら、描いていたのだ。サラにとっては、忘れてしまいたい出来事だったのだが、彼にとっては夜も眠れないくらい楽しいことだったのだろう。

「図書室はこっちだ」

アレクは彼女に腕を差し出した。サラは躊躇《ためら》ったが、その腕に手を添えた。アレクはちゃんとした服装だったが、サラのほうはナイトドレスにガウンを着ているだけだ。なんだか変な取り合わせだと思いながらも、引っ込みがつかなくなって、彼女は彼と共に階段を下り、図書室に連れていかれた。

図書室は、昼間通された彼の書斎の隣に位置している。彼の腕から手を離したサラはさっと室内に目を走らせた。こんなところに宝石箱があるだろうか。宝石箱としてではなく、何か小物を入れる箱として使われている場合もある。

図書室にも引き出しがついた書き物机がある。そこを開けてみたくてたまらなかったが、まさかアレクがいる前でそんなことはできない。

「君はどんな本を読むんだ？」

「歴史の本が好きです」

「なるほど。眠るためには最適だな」

彼はサラの背中に手を添えて、歴史の本が置いてある本棚に彼女を誘導した。サラは彼の手の温《ぬく》もりが気になって仕方がなかった。なんの本が並んでいるのか、目は本棚を見ているが、頭の中に入ってこない。

アレクは一冊の本を本棚から抜き取った。

「こんな本なんてどうだろう？　リンフォード侯爵家の歴史を書いたものだ」

「そ……それは、どなたが書かれたものですか？」

かなり興味がある。絶対、クイントン男爵家の悪口が書かれているに違いないと思うからだ。一体、どんなふうに書かれているのだろうか。

「私の祖父の兄だ」

サラは思わず大きな声を上げるところだった。それはアンナの最愛の夫のことだ。もし宝石箱が手に入らなかったら、この本を盗んで帰ろうと思った。もちろん、目指すは宝石箱だ。あれはアンナが持つべきものだからだ。この本はさすがに彼女のものとは言いがたかったが、最悪の場合は仕方がないと思った。サラはどうにかしてアンナに元気になってもらいたかったのだ。

そんなことを考えているうちに、サラはソファに誘導されていた。アレクはサラの手からランプを取り上げて、テーブルの上に置いた。しかも、サラが腰を下ろした横に、アレクが座っている。

ちょっと待って。こんな夜中に、二人きりになっていいの……？

いいわけがない。しかも、相手は自分の裸を見た相手だ。そして、キスもした。ただでさえ、未婚の男女は二人きりでこんなところにいてはいけないのに。

いいや、もっと悪いことがある。彼はサラが未亡人だと思っている。未婚の令嬢には手を出さない紳士も、相手が未亡人となると違う。

アレクはサラの膝《ひざ》の上に本を置いた。

「眠くなるまで、読むといい」

「あ……あの……お借りしてもいいですか？　部屋でゆっくり読みたいと……」

「残念だが、大切な蔵書なんだ。ここ以外で読むことは、誰に対しても禁じている」

困った。彼はここで読めと言う。そして、自分はそれに付き合うつもりなのだ。

「じゃあ、私はここで読みますから、あなたはどうぞお戻りになって。寝室へ行くところだったのでしょう？」

ここで二人きりになるより、一人きりにされるほうが何倍もましだった。サラは祈るような気持ちだった。彼が傍にいるだけで、動悸《どうき》が激しくなっている。これはきっと緊張しているのだ。彼が次に何をしてくるのか判らないから。

アレクが紳士だとは、とても思えなかった。アトリエでキスしてきた男だ。訓練だと言われたが、それが本当かどうかなんて判らない。

「いや、客人をここに放りっぱなしにしておくわけにはいかない。こんな夜中だから、何が起こるか判らない」

彼の手がサラの肩にかかる。二人の身体は接触していて、そこが燃えるように熱く感じられる。

ああ、どうしよう……。

こんなときはどう対処したらいいのだろう。さすがのサラも、そこまでは知らなかった。大抵のことは切り抜けられると自信を持って、世の中を舐めてかかっていた彼女だが、男性に対しての免疫《めんえき》はなかった。

特に、こんなふうに触れてくる相手には無防備だったのだ。

「夜中だからこそ、何も起こらないと思うんです」

「そうかな。最近、夜中に貴族の邸宅に泥棒が入るらしいんだ」

「ど、泥棒ですって？」

早くも自分のことが知れ渡ったのかと思って、身体を緊張させたが、そんなわけはない。まだサラは何も盗んでいないからだ。どこの誰だか知らない泥棒が、貴族の邸宅を荒らし回っているのだろう。

「そうだ。危険なんだ。まあ、それはロンドンでの話らしいが」

サラはほっとして、身体から力を抜く。

「よかった。ここではないのね」

「ああ。だが、奴らがどこに出没するか判らない。ロンドンに飽きて、別の土地に出没する可能性もあるわけだ」

「……いいえ、こういう土地では、よそ者は目立つわ。泥棒するには不向きだと思うの」

うっかりサラは泥棒するほうの気持ちになって、考えていた。ロンドンなら、すぐに身を隠せる。けれども、ここでは一目散に別の土地に逃げなければ、捕まってしまうだろう。それに、効率もよくない。貴族の屋敷がたくさん集まっているメイフェア辺りで泥棒したほうが、いろんなものを盗めるはずだ。

アレクはくすっと笑った。

「意外と頭がいいな。少し脅《おど》かしてみたんだが」

サラは顔を赤くした。どうやら、彼はわざとサラを脅かそうとしたらしい。彼女が普通の女性なら、彼の言葉を本気に取って怖がったに違いない。

「私を怖がらせて、どうするつもりだったんですか？」

「もし君が怖がったら、こういうふうに……」

アレクは彼女の肩を自分のほうに抱き寄せた。すると、身体が彼にぴったりとくっついて、サラは動揺した。

「……君を守ってあげようと思ったんだ」

「守るというより、別の目的のように思われますけど」

「君の気のせいだ」

アレクはきっぱりと彼女の考えを否定した。が、夜中に暗がりで二人きりで身を寄せているなんて、これがいかがわしい行為の始まりではないとは、なかなか考えられなかった。それとも、自分が妄想しすぎているのだろうか。

彼女はいろんな噂話やたくさんの小説から、男性は女性と二人きりでいたら、欲望を抑えられないものだと思い込んでいたが、ひょっとしたら自分の間違いだったかもしれない。必ずしも本や噂話が正しいとは限らない。アレクはサラが思うより、ずっと高潔な紳士なのかもしれないのだ。

彼女がそう思い始めて、膝の上の本を開いたとき、突然、アレクが彼女の髪にそっとキスをした。

「な……何をなさっているんです？」

あまりに驚いたので、声が裏返ってしまった。

「わざわざ訊くとは無粋《ぶすい》だな。こうして二人きりでいるのに」

サラには彼の考えていることがさっぱり判らなかった。男女の間のことは、本や噂でしか知らないのだ。これは何か危険の前触れだと考えればいいのだろうか。それとも、ただの戯《たわむ》れなのか。

もちろん未婚の娘で良家の子女であれば、こんな真似は絶対に許してはならない。しかし、未亡人ならどうなのだろう。どういう振る舞いをすれば、一番適切なのか、サラには判らなかった。ここで立ち上がり、彼から逃げたほうがいいのだろうか。それとも、戯れだと笑い飛ばせばいいのか。

「わ、私には……あなたが誘惑しているようにしか思えないんですけど……。これも訓練のひとつなんですか？」

思い切って疑問を口にしてみると、アレクは静かに耳元で笑った。

ああ、やっぱり、ただの冗談なんだわ。

ほっとして、サラも彼に合わせて笑おうとしたところで、次の言葉が耳に入り、そのまま凍りついた。

「もちろん、これは誘惑だ」

「なんですって？　私に誘惑するなと言ったのに？」

それなのに、彼のほうはサラを誘惑するというのだろうか。確か、モデルと関係は持たない、なんてことを言われたような気がするのだが。

「私は君を誘惑しないなどと言った覚えはない」

「なんて都合のいい人なの！」

サラは彼から身を遠ざけようとしたが、逆に引き寄せられてしまう。彼女は驚いて、彼の腕の中でもがいた。

「放して！」

「まあ、落ち着くがいい。今すぐ、どうにかしようとは思っていないから」

そう言われて、サラは身体から力を抜いた。警戒を怠《おこた》ってはいけないが、彼がどういうつもりなのかを聞く用意くらいはある。返答次第では、すぐさま計画変更して、朝になるまでにここを出ていかなければならないかもしれない。

いくらなんでも、宝石箱が欲しいばかりに、貞操《ていそう》は犠牲にできない。アンナだって、サラにそこまでしてほしいとは絶対に思っていないはずだから。

「これはゲームなんだ」

アレクは静かに話している。冷静だということは、つまり彼は興奮していないということなのだろう。少しがっかりしながらも、サラはほっとした。

「ゲーム……とは？　私を揶揄《からか》っているんですか？」

「いや、揶揄っているわけではない。私はとても君に惹かれているよ。今まで、絵のモデルになってくれた女性とはまったく違う。美しいだけではなく、知性もあるし、未亡人なのに、まるで少女のような初々しいところもある。最初からそう思っていたが、アトリエでのことや、食事をしながら話しているうちに、だんだん君の素晴らしさが判ってきた」

褒められているのは嬉しいが、少女のように初々しいと言われて、ひやりとする。正体がばれないようにと気を遣っているのに、やはりふとした拍子に自分というものが外に出てしまうのだろう。これからも、ここにいるなら、気をつけなければならない。

「いつもなら、モデルを愛人にしようとは思わない。しかし、君には……かなり興味が引かれるんだ」

サラは困ったことになったと思った。誘惑しないでくれと跳ねつけられたから、安心していたのに、今になって興味を持たれたくなかった。それに、アレクは愛人の条件には厳しかったはずではないだろうか。確か、吟味しないといけないなどと言っていたくせに。それなのに、どうして自分のような怪しい女に惹かれてしまっているのだろう。

「そう言われても困ります。私、亡き夫を愛していて、お金には困っていますけど、決してそういう気はないんです」

「借金を残して、君を苦しめているのに？」

「えっ……ええ！　もちろん。いい思い出もたくさんありましたから」

サラは設定の矛盾《むじゅん》を突かれて動揺したが、なんとか切り抜けた。アレクは溜息をついて、彼女の肩から手を放す。

「やはりね。だが、貞淑な未亡人であればこそ、君には惹かれるということだ」

「意味が判りません。とにかく、私はどんなに誘惑されても、あなたの愛人になろうとは思いませんから」

「つまり、そういう頑なところがいいんだよ。君がそんな態度を取れば取るほど、どうやら深みにはまってしまうようだ。どうにかして、振り向かせたいという気持ちになるんだ」

彼がゲームだと言った意味が、おぼろげながら判ってきた。彼は狩りをしているつもりなのだ。銃で撃つ代わりに、彼は誘惑している。それで、サラが振り向こうがどうしようが、この過程を楽しんでいるということなのだろう。

「私は獲物ではありません。ただの絵のモデルです」

「絵を描くには時間がかかる。その間、たっぷりと誘惑するつもりだ。もちろん例の訓練にも繋がるしね。君が貞淑な未亡人のままか、それとも奔放な女神になるのか、楽しみだ」

アレクはサラの髪に触れ、三つ編みの先に結んでいるリボンを解いた。そして、髪に手を差し込み、梳《す》いていく。

「やめて……」

そんなことをされると、気持ちがよくなってきてしまう。どうやらサラは髪に触られると弱いようだった。ただでさえ、この場面は危機的状況なのに。

「君の髪が好きだと言っただろう？　絵のモデルのときは、絶対に髪をピンで留めたり、結んではならない」

「今は仕事の時間ではありませんから。……あっ、ちょっと……」

彼はサラの手を取り、その指にキスをする。電流のような快感を覚えて、サラはすぐに手を引っ込めた。

社交界デビューして、手にキスされることはあるかもしれないが、普通は手袋越しだ。こんなふうに相手の唇を肌に感じることはない。そもそも、上流階級の男女は手を握るときでさえ、手袋をしているはずだ。

ああ、本当に困った。私はどうすればいいの？

どうやったら、上手く彼を追い払えるだろうか。そんな方法を学校では教えてくれなかった。

「私……本当に困ります」

「君のそういうところがいいんだ。押しつけがましい態度や、媚《こび》を売ってくる女は大嫌いなんだよ」

それなら、そういう女のふりをすればよかったのだろうか。しかし、そんな真似をしたら、最初から雇ってもらえなかったに決まっている。どうしてもここに住み込みたい一心で、サラは悲しみに暮れる貧しい未亡人のふりをしたのだから。

「私の愛人になれば、生活に不自由はさせない。家だって買い与えてやれる」

「ですから、私には決してその気はないと……」

「君だって、夜は淋しくなるんじゃないか？　ご主人の代わりに、私が慰《なぐさ》めてあげてもいいんだ」

意味が判らないが、どうせロクな慰めではないような気がした。サラは途方に暮れつつも、なんとかこの場を逃れる方法を必死で考えていた。

「と、とりあえず、今日のところは休戦にしましょう！　ほら、もう夜中ですし」

彼が狩りをしているつもりなら、こちらは必死で身を守るために戦わなくてはならない。サラは一時休戦して、態勢を立て直さなくてはならなかった。そのために、計画を練ることも大切だ。

アレクは楽しそうに笑った。

「いいだろう」

サラはほっとして肩から力を抜いた。

「ただし、一度だけキスをしてからだ。……いいだろう？　キスくらいは君の亡くなったご主人を冒瀆《ぼうとく》するものではない」

そうだろうか。キスくらい……と、未亡人なら簡単に考えるのだろうか。未婚の娘には大問題なのだが。

いずれにせよ、一度だけだ。サラはアトリエでキスされたときのことを思い出した。二度目のキスも、あれくらい気持ちいいのかどうか確かめてみたかった。

そうよ。これはただの好奇心よ。深い意味はないわ。

「……いいわ」

サラが掠《かす》れた声で承諾すると、再び肩を抱き寄せられる。今度は優しい抱き寄せ方ではなく、ぐいっと引っ張られ、唇を塞《ふさ》がれた。

最初のときとは違う。乱暴というわけではないが、強引なキスだ。唇を舌で割られて、中へと入ってくる。そして、我が物顔で彼女の口の中を蹂躙《じゅうりん》している。けれども、それは決して不快ではなかった。

逆に、身体が熱を持ってきたかのように、なんだかゾクゾクしてくる。何かを期待しているみたいにも思える。

いいえ、私は何も期待してないわ……。身体に触れてほしいなんて、思ってないったら。

しかし、彼の手が太腿を撫でているのに気がついたとき、彼女はキスをしながらうっとりとしていた。彼のキスはどうしてこんなに気持ちがいいのだろう。彼の手に触れられると、どうして身体が蕩《とろ》けそうになってくるのだろう。

けれども、その答えを彼に訊くわけにはいかない。彼はそんな答えをとっくに彼女が知っていると思っているのだ。

私は何も知らない……。

男と女がすることの一部しか知らないのだ。ベッドの中で身体を繋《つな》ぐ行為というのは、もっとおぞましくて、いやらしくて、いかがわしいものだと思っていたのに、なんだかずいぶん違う。いや、これはまだ行為の入り口に過ぎない。だから、これより先に進んではいけなかった。

サラは彼から逃れようとしたが、アレクはそれを許してくれなかった。膝の上にあったはずの本はすでに絨毯の上に落ちている。彼の手はガウンの下に潜り込み、ナイトドレスの裾をまくり上げていた。

な、何をする気なの……？

サラは動転した。が、同時に興味もあった。アレクからいけないことをされていると思うと、胸がドキドキしてくる。期待して、興奮もしている。これから、彼はどんな気持ちのいいことをしてくれるのだろうと思ってしまうのだ。

ああ、駄目よ。駄目。これ以上、ここにいてはいけないわ。

そう思うのに、彼女は動けなくなっていた。彼の手が直に太腿に触れている。その手の温もりに、サラは驚いた。どんなところであれ、未婚の娘は男性に直接、肌を触れられてはならない。それなのに、今、彼に触れられているのは太腿なのだ。

サラは彼の胸に手を当てて、押しやろうとした。が、その前に、脚の間に彼の手が侵入

してきて、彼女は身体を硬直させた。

いやっ……！

脚を閉じようとしたものの、すでに遅い。彼女の大事な部分に、彼の手がそっと触れている。

眩暈《めまい》がした。気が遠くなってくる。まだ結婚もしていないのに、会ったばかりの男性にこんなことを許しているなんて……。

いや、許しているわけではないのだ。彼が勝手に触っているだけだ。そう思ってみても、現実は変えられない。信じられないが、サラは罪深い行為に直面していた。

サラはすすり泣く声を出して、すでにキスをされていないことに気がついた。

「いやよ……やめて……っ」

弱々しい声しか出てこない。しかし、大声で叫ぶわけにもいかなかった。他の誰かが駆けつけて、ここに現れたらどうなるだろう。使用人の前で恥ずかしい姿を晒す羽目になったら、もう死んでしまう。

「本当に？　君のここは……すごく濡れている。私を誘っているようにしか思えない」

誘ってなんかいない。濡れているとは、どういう状態なのだろう。しかし、なんとなく、そこが熱く潤んでいるのが判る。

「駄目……っ」

彼の指がその部分をなぞっている。そこに入り口があるのだと、サラも知っている。だから、守らなくてはならないのに、もう力が入らなくなっている。彼を押しのける腕の力もなかった。

一本の指がそっと中に入ってくる。サラは身体を震わせた。

このまま、こういう行為を続けられたら、変になりそう。そう思ったときに、スッと指が出ていった。

「……何？」

「今日はここまでにしておこう」

サラは呆然《ぼうぜん》としていた。今の今まで、快感に身体を震わせていたのに、途中で放り出されたのだ。どうしていいのか判らなかった。

アレクは彼女の乱れたナイトドレスとガウンを直してくれた。彼女はまだ現実に戻れていない。身体が快感に侵されているのに、どうして平気な顔をして元に戻れるだろうか。

「君がやめてと言ったんだ」

そうよ。確かにそうだわ。

彼は望みどおりにやめてくれた。それを喜ぶべきなのだ。しかし、彼女の身体は頭を裏切っていた。もっと先のことを経験してみたかった。彼にもっと気持ちのいいことを教えてもらいたかったのだ。

だが、そんなことはできない。いくら望んでみても、先の行為を経験してしまったら、処女でなくなってしまう。結婚前の娘がそんなことをするわけにはいかない。身の破滅だ。

これでよかったのだ。サラはなんとか納得した。彼がやめてくれなければ、行き着くところに行ってしまったはずだ。そして、彼女はそんなところにまだ決して行ってはならないのだ。

「もし、先に進みたいのなら、君から求めてくれ」

「誘惑はするなって……」

「誘惑を求めることは違う」

「……求めたりしないわ。絶対」

サラはよろよろと立ち上がった。

どんなに続きをしたくても、それは許されないのだ。

「それなら、気をつけて部屋に帰るといい。こんな夜中に歩き回らずに」

つまり、それを判らせたかったから、こんな真似をしたと言うのだろうか。いや、そんなわけはない。彼はただ未亡人と戯れたかっただけだ。そして、彼女の忍耐力《にんたい》を試したのだ。

サラはなんとかランプを手に取った。

「……あなたは?」

「私は熱が収まるまで、ここにいるよ」

意味がよく判らなかったが、彼もまたきっとサラのように興奮しているに違いない。しかし、彼の場合は自業自得《じごうじとく》だ。これは彼が始めたゲームだからだ。

「おやすみなさい」

一応、そう声をかけると、アレクは苦笑した。

「ああ。また明日」

ここにいる限り、サラは彼と顔を合わさなければならないのだ。もちろん、絵のモデルとして雇われたのだから、個室の中で彼と一緒にいなくてはならない。しかも、着ているものを毎日一枚ずつ脱いでいくのだ。

これは彼の罠だった……！

今にして、やっと判った。一枚ずつ脱いでいくというのも、彼のゲームのひとつだ。訓練と称して、誘惑をする。そうしたら、いずれ彼女は屈服して、彼の愛人になるというわけだ。

冗談じゃないわ！

サラは階段を上っていくうちに、徐々に頭のほうが回転するようになっていた。さっきまで、すっかり霞《かすみ》がかかって、何も考えられなくなっていたが、今はもう違う。身体に興奮の名残はあるが、サラは元の自分に戻っていた。

とにかく、警戒を怠ってはいけない。夜中に二人きりになるという危機に陥らないために、充分気をつけなければならないが、絵のモデルになるときも注意しなければならない。彼の誘惑の罠にはまってはいけない。

一日も早く、宝石箱を見つけよう。そして、さっさとクイントン邸に帰るのだ。

本当はもう帰りたくてたまらないが、やりかけたことは、やってしまわなければならない。もしなかったとしても、それはそれで仕方のないことだ。だが、この屋敷の中を探し尽くしてみないと、アンナに対して申し訳が立たない。

自分の評判を台無しにする恐れがあるのに、なんのために一人でこんなところまで押しかけてきたのかといえばひたすらアンナのためだ。とにかく、見事、宝石箱を見つけて、アンナに持って帰ろう。自分はそのためにここへ来たのだから。

決して、アレクの前で裸になるためではないのだ。処女を捧げるためでも、もちろんない。

サラは寝室に戻り、ほっとする。今夜のことは自分の教訓としよう。夜中に歩き回るときには、明かりを消して、そっと行動するのだ。二度も同じ目には遭わない。

ベッドに潜り込みながら、そう思った。

翌朝、サラは目が覚めて、身支度を整えた。昨夜のことは、もうなかったことにしたい。アレクの顔を見れば、思い出さずにはいられないだろうが、彼も紳士だから、人前でそんなことを口に出したりしないはずだ。

そう思いながら、彼女は朝食室へと向かった。時間がずれていればいいと思ったのに、ちょうどアレクが食事中だった。

彼はちらりと彼女のほうに目を向けた。昨夜のことで心苦しいといった表情でもするかと思えば、彼はにっこりと輝くような笑みを見せた。

「おはよう、フローラ」

「……おはようございます、アレク」

なんて図太い男なのだろう。サラは彼の顔をまともに見ていられなかった。とにかく、恥ずかしすぎる。それなのに、彼はこの小さな朝食室のテーブルで、上座に座る自分の横を手で示した。

「こちらへ」

そう言われて、別の席に座るのも失礼というものだ。サラは仕方なく、そこに腰を下ろした。朝はあまり食べないので、ほんの少しのパンと卵料理と果物を頼んだ。朝食が運ばれてくるのを待つ間、うっかりアレクの手元を見てしまって、頬が熱くなる。あの長い指が自分の中に入ったのかと思うと……。

「どうかしたかな？　顔が赤いが、まさか熱でも出ているんじゃないだろうな？」

「いえっ、私は健康ですから！」

何故だかムキになって言い返すと、アレクは微笑んだ。

「それはよかった。それなら、今日からきちんと仕事が始められそうだな」

彼女の仕事とは、アトリエで裸になり、ポーズを取ることだ。健康だと言った手前、グズグズすることは許されない。しかし、確か今日はドレスを脱ぐだけだ。裸にならなくてもいい。

昨日に比べれば、全然ましだ。少なくとも、裸ではない。自分の身を守るものがある。それに、訓練だと言われたキスも、もう二度も経験済みだ。いい加減、自分も慣れているから、うろたえたりしない。キスくらいで動揺しないつもりだ。

「はい。いつから始める予定ですか？」

フローラはきはきと尋ねた。これは仕事なのだから、割り切ってやればいい。恥ずかしがったり、狼狽《ろうばい》したりするから、アレクも図に乗ってくるのだ。つんと澄まして、毅然《きぜん》としていれば、彼も自分のしたことが恥ずかしくなってくるに違いない。

だが、アレクは悠然《ゆうぜん》と微笑んでいる。その顔に羞恥心は見えなかった。

「午前中は書斎で書類を相手に仕事をしなくてはならない。午後になって時間が空いたら、呼びにやらせるから、それまでは自由にしていていい」

自由に……といっても、朝から宝石箱を探し回るわけにはいかない。サラはふと思いついて、微笑んだ。

「このお屋敷の中を見て回ってもいいでしょうか」

「構わない。それなら、誰かに案内させよう」

「ええ、ぜひお願いします」

屋敷の中で、どこに何があるのか確認しておきたい。できれば、彼の部屋の場所も教えてもらって、宝石箱を探すときには、その部屋の周囲は避けるようにしておいたほうがいい。昨夜のようなことは二度と嫌だ。

やがて、サラの朝食が運ばれてくる。皿の中身を見て、アレクは顔をしかめた。

「たったそれだけしか食べないのか？」

「朝はあまり食べないというだけです」

「君はもっと太ってもいい。ご主人の死を嘆き悲しんでいる間に、痩《や》せ細ったのかもしれないが、元に戻るにはもっと食べなければ」

自分の身体が痩せていると思ったことはない。確かに太ってはいないが、健康的だと思っていたのに、彼の好みはもっと太めなのだろうか。

そう考えて、サラは顔をしかめた。彼の好みなんて、どうでもいい。そんな好みに合わせる義理はなかった。

「私はずっとこの体型ですから」

「それは失礼した」

ちっとも悪いとは思っていないことは、彼の表情を見れば判る。今にも笑い出しそうな顔をしているのだ。本当に腹が立つ男だ。きっと彼女を揶揄っているのだろう。

やがて、彼は先に食事を終え、新聞を広げながらコーヒーを飲み始めた。サラの父も朝食の席でよくやることだが、兄くらいの年齢の彼も同じことをするのかと思い、なんとなく視線を向ける。すると、目が合った。

サラは慌てて視線を逸らした。そんな真似をすれば、自分が彼のことを意識していると知らせることになる。かといって、偶然に目が合ったときに、自分から微笑みかけるような度胸はなかった。

サラにとって、彼は普通の男性とは違う。自分の裸を見た相手。キスをした相手。更に、大事なところを触られた相手。

昨夜のキスや、指を入れられたときの快感を思い出し、サラは首まで真っ赤になった。あんなこと、思い出したくなかったのに！

「君は見ていて飽きないな」

「な、なんですって？」

サラは胸の動悸を抑えて、なんとか彼を睨《にら》みつけた。偶然に目が合うと駄目だが、ちゃんと身構えていれば大丈夫だ。

「君が何を思い出したのか、当ててみせようか」

「やめてください！　こんなところで」

アレクは朝にふさわしい爽《さわ》やかな笑い声を響かせた。まるで自分だけが淫《みだ》らなことを考えているようで、サラは恥ずかしくなってくる。

「ここでは言わない。二人だけのときに」

それは、もっと悪い。

ああ、神様。私の貞操は守られるのでしょうか。

サラは学校の礼拝堂が懐かしく思い出された。今なら、何時間でも懺悔ができそうだった。

「忘れてください。昨夜のことは」

か細い声で頼むと、アレクは急に優しい目になる。この男もこんな目つきをするときがあるのかと、サラは不思議に思った。

サラはアレクを完全に悪い男だと思い込んでしまっていたが、本当はそうではないのかもしれない。少なくとも、彼はサラを未亡人だと思い込んでいる。まさか男爵家の令嬢だとは、夢にも思っていないのだ。

「……忘れられないよ」

彼がそっと呟くのを聞いて、サラはぎこちなく自分の前にある料理に向き直った。いつまでも、ここにいたら、きっと赤くなった顔が元に戻らなくなる。そうなる前に、さっさと食べてしまって、ここを出るべきだった。

アレクの誘惑に負けるわけにはいかない。

そう思いながらも、自分がどんどん深みにはまっているのが判っていた。

第二章　誘惑された夜

サラは侯爵《こうしゃく》家の家政婦、ミセス・デイトンに屋敷を案内された。彼女は六十代の女性で、先代の侯爵のときからずっと仕えていたという。朗《ほが》らかで優しく、この家のことならなんでも知っているという自負があるらしくて、できることならサラは彼女に宝石箱のありかを訊いてしまいたかった。

もちろん、そんなことはできない。自分で探さなくては、彼女に迷惑がかかる。何しろ、サラは宝石箱を盗もうとしているのだから。

しかし、アレクと会い、話をするようになってからは、自分の計画が正しいかどうか自信がなくなってきていた。アレクは確かに手紙に返事をくれなかったが、実際会ってみると、それほどひどい男というわけでもない。ちゃんと理由を話したら、宝石箱を渡してくれたのではないかと思ってしまうのだ。

とはいえ、今更、計画の変更はできない。今になって、実はミセス・コルトンなる人物は存在せず、サラが真っ赤な嘘をついていたと知ったら、恐らくアレクは激怒するだろう。しかも、クイントン男爵家のことは嫌っているかもしれない。おとなしく宝石箱を渡してくれるとは思わない。

たとえ計画が間違っていたにしても、このまま突き進むしかなかった。そもそも、父か兄がちゃんと行動をしてくれれば、サラがこんなことせずに済んだのだ。彼女の貞操《ていそう》と評判はぎりぎりのところで保たれていたが、これから先、ずっとここにいれば、どちらも脅《おびや》かされる可能性が大きくなってしまう。

とにかく、全部脱がされるまでに、宝石箱を見つけなくては……。とりあえず、この屋敷の中に何がどこにあるのか、だいたい把握《はあく》できた。どこをどんなふうに探すかという計画も頭の中にできた。これで無事、見つけ出せたら、ミセス・デイトンに感謝をしたい。

最後に図書室や書斎《しょさい》の近くにある長い廊下《ろうか》へと案内される。ここには、絵がたくさんかけてあった。アレクの絵もあるが、代々の侯爵と侯爵夫人の肖像画も掲《かか》げてある。古い順から並べてあるのは、服装を見ればすぐに判る。

ミセス・デイトンは一番端の侯爵の肖像画の説明をする。

「こちらは先代の侯爵様ですよ。横にあるのが奥様の肖像画です」

奥様とは、ロンドンにいるアレクの母のことだ。つまり、侯爵未亡人だ。肖像画が描かれたのは、ずいぶん前のことなのだろう。とても若かった。

「アレクとお父様は目の色が似てらっしゃるわ。髪の色はお母様似かしら。綺麗な方ね」

そう言いながら、サラは先々代の侯爵とその夫人の肖像画に目をやる。これがアンナの若い頃なのかと思うと、不思議な気持ちになってくる。絵の中の彼女は自分と年齢があまり変わらないようだ。いかにも、おとなしそうな雰囲気が漂っている。一方、アンナをいじめたという彼女の義理の母の顔は気が強そうだった。

アレクの絵は素人の趣味にしては、なかなかのものだった。肖像画と一緒にかけておいても、遜色《そんしょく》がない。彼の絵は風景画が多かったが、人物画もある。主に女性だ。それも、妙齢《みょうれい》の美しい女性ばかりが描かれている。彼女達はアレクを誘惑しようとしたのだろうか。それとも、あれはアレクの冗談のようなもので、本当は彼のほうから誘惑したのかもしれない。

そうでなければ、サラに誘惑するなと言っておいて、自分から誘惑を仕掛けてくるなんて、理屈に合わない。

絵の中の彼女達がアレクに抱き締められているところを想像して、胸の中がもやもやとしてきた。なんだか嫌な気分だ。アレクが誰を愛人にしようが、自分には関係のない話なのに。

絵の中には裸婦はいない。彼は裸婦を描いたことはまだないのだろうか。それとも、裸の女性の絵を先祖の肖像画と一緒に飾るのは、さすがによくないと思ったのかもしれない。いずれにしても、このギャラリーに自分の裸の絵がかけられるなんて、絶対に嫌だ。やはり絵が完成する前に、ぜひとも出ていきたい。

「侯爵様はあなたを大層気に入ってらっしゃるようですね」

突然、ミセス・デイトンにそう言われて、サラはきょとんとして彼女を見つめる。

「どうしてそう思われるのかしら」

「この方達も侯爵様の絵のモデルを務められましたが、皆さん、あなたのような待遇《たいぐう》は受けていないんです。ここに泊まることになっても、一緒に食事をなさることもありませんし、親しく話しかけるのを許すこともありません」

確かに、自分が受けているのは、かなりの好待遇だ。それは知っていたが、絵のモデルはみんなそんなふうに扱われるのかと思っていたのだ。まさか自分だけとは思わなかった。

それって……どういうこと？

自分だけが特別扱いされることが嬉しくないわけではない。とはいえ、自分がどうしてそんな扱いを受けるのか、判らなかった。まさか本気でサラを愛人にしようと企んでいるのだろうか。

「彼は私が緊張するから、友人のように気楽にしてほしいと……」

それを聞いて、ミセス・デイトンは笑顔を見せた。

「あなたはとても若くて純粋ですものね。侯爵様は女性のほうから言い寄られるのがお嫌いなんですよ」

つまり、やはり彼はハンターなのだ。サラを相手に狩りをしようとしている。だが、生憎《あいにく》、サラは見かけどおりではなかった。哀れな生贄《いけにえ》ではなく、実は大嘘つきなのだ。若いが、純粋ではない。ここにいる全員を騙《だま》しているのだから。

そう思うと、罪悪感が募る。こんなふうに気安く話をしてくれるミセス・デイトンも騙しているのだ。この計画を考えたときには、こんな複雑なことになるとは思わなかった。ただ、嫌な侯爵を出し抜くだけのつもりだったのだ。学生のときのイタズラの延長のような気持ちで。

人を騙すことが、こんなに後味が悪いとは、今まで知らなかった。けれども、今更、計画を変えられない。アンナのために、やれることはやってしまわねばならない。

「フローラ……ここにいたのか」

アレクの声が聞こえて、サラはビクッと身体を震わせて振り返った。

彼はギャラリーの向こうに立っている。その立ち姿を見ただけで、なんだか気持ちが落ち着かなくなる。彼に狩られないようにするためには、自分の気持ちを強くしていなければならない。

「あなたの絵を見ていたんです」

サラは彼にうっすらと微笑みかけた。だが、視線は合わせない。目を見てしまうと、いろんなことを思い出してしまうからだ。

「侯爵様、ミセス・コルトン、それでは私はこれで。他の用事がございますので」

ミセス・デイトンは頭を下げ、サラから離れようとした。アレクと二人きりにはなりたくなかったが、彼女の立場ではそうするしかない。

「ありがとう、ミセス・デイトン。おかげでお屋敷の中で迷子にならずに済みそうよ」

「お役に立てて幸いです」

彼女はサラに微笑んで、そして立ち去った。代わりに、今、サラの横にはアレクが立っている。

サラは動揺する自分の心を宥《なだ》めようとした。が、あまり上手くいかない。彼は近づきすぎなのだ。どうして、適正な距離を保ってくれないのだろう。

「君の気に入った絵はあったかな?」

「ええ……。どちらかというと、風景画のほうが好きです。ご領地の中を描かれたんですか?　信じられないくらい美しかったり、雄大だったり、なんだか物悲しかったり……時間があったら、本物の風景を見てみたいわ」

それはお世辞抜きで言える。人物画が気に入らないのは、そこに描かれている彼女達が気に食わないせいもあるかもしれない。気のせいだろうが、何故だか彼女達は意地悪そうに見えてくるのだ。

「時間が空いたら、私が連れていってあげよう。だが、風景というものは季節ごとに表情が変わるものだ。一年中、君がここにいれば、いろんなものを見せてあげられるのに……」

一年は無理だ。それどころか、すぐにでも出ていきたいくらいなのに。

アレクは彼女の手を取ると、さり気なく自分の腕にかけた。こんなに近くにいるだけで、彼を強く意識してしまう。サラは自分自身を上手く扱うことができなくなっていた。彼が傍《そば》にいるだけで、どうしてこんなに動悸《どうき》が激しくなるのだろう。何か運動しているわけでもないのに。

とにかく不思議でならなかった。自分に対しても。それから、こんなふうに自分を扱うアレクに対しても。

「こちらはあなたのお父様なのね。目元がとても似ているわ」

サラは話題を変えるために、先代の侯爵の肖像画を指した。

「私は父が好きではなかったから、似ていると言われても、あまり嬉しくない」

素っ気ない態度で冷たい声を出すアレクは、本当に父親のことが嫌いなのだろう。親子の間にはいろいろ確執があったに違いない。

「父は若い頃から羽目を外して生きてきたが、侯爵位を継いだ頃からひどくなったらしい。

金を湯水のように遣い、その金だけが目当ての愛人をつくり、母を悲しませ、領地をほったらかしにした。私はそれがどうしても許せなかった」

アレクの頑固な性格は、父親に対する反発から生まれたものかもしれない。ロンドンが嫌いで、領地の経営に精を出し、趣味の絵を描き、母親を大事にする。すべてが父親と反対なのだろう。

「だから、私は貪欲《どんよく》な愛人など欲しくない」

気がつくと、彼はサラを見下ろしていた。思わずサラは彼と目を合わせてしまい、慌てて視線を逸らす。意外にもサラを見る目は優しかった。たったそれだけのことで、これほど動揺している自分はどこかおかしいと思う。これでは、挙動不審《きょどうふしん》な女と怪しまれてしまいそうだった。

「さあ、フローラ。アトリエに行こう」

アレクは囁くような声でサラを促した。

できれば、二人きりになるような場所へは行きたくない。しかし、そうしなければならないのだ。

サラは自分で作った罠に、自分がかかってしまったような気がしてならなかった。

「さあ、今日は約束どおり、ドレスだけ脱いでもらおう」

アトリエに入るなり、アレクは急に素っ気なくなり、衝立《ついたて》を手で示した。

「はい……」

彼が急に冷たくなったのは嫌だったが、こういうことは事務的なほうがいいのかもしれない。そうでなければ、彼をもっと意識してしまうことになる。

そうだ。これはミセス・コルトンの仕事なのだ。絵のモデルになるという契約の下に、彼女はここにいるのだから。

サラは衝立の後ろへ行き、ドレスだけを脱いだ。他のものはすべて身につけているので、昨日ほどアレクに見せるのに躊躇《ためら》いはない。すぐに衝立の後ろから出ることができた。

彼は上から下まで彼女を見た。シュミーズにコルセットをつけているし、ペチコートを五枚も重ねている。本来なら、下着姿で男性の前に出ることなど考えられないことだが、昨日のことを思えば、これでもたくさん着込んでいるほうだ。

これから毎日、一枚ずつ脱いでいっても、裸になるまでには十日ほどの猶予《ゆうよ》がある。この間にできるだけ早く宝石箱を探し出して、さっさと出ていくに限る。

「そこに座って」

アレクの指示どおり、サラはソファに腰を下ろした。

「君は奔放《ほんぽう》な女神というより、清純な女神だな。夫がいたとは思えないくらいだ」

彼はサラに近づくと、髪を留めていたピンを全部抜いてしまった。そして、その髪を優しく撫でていく。

サラは彼に髪を撫でられるのが好きだった。なんだかうっとりとしてきてしまう。こんな勝手な男のことなんか、全然好きじゃないのに。

彼はサラの頬を両手で包み、顔を上げさせる。キスされるのかと思い、彼女は半ば期待してしまっていた。キスなんて、絶対に避けるべきことなのだが、それでも彼にもっとキスをされたいという気持ちはあるのだ。

なんて情けないの……。

もっと毅然《きぜん》とできないのだろうか。そう思いながらも、彼が傍にいるだけで、胸の鼓動《こどう》が速くなってくるのだ。もう、どうしようもなかった。

「キスしてほしいか?」

まさか、そんなことを訊かれるとは思わなくて、サラは呆然とする。そんなことは、とても口に出して言えない。

「……いいえ」

本心ではないことをお互いに知っていたが、どうしてもそうとしか言えなかった。自分の理性のほうが勝ってしまうのだ。

アレクはにこりともしなかった。

「嘘だな。君はキスされたがっている」

確かにそうだが、自信満々に断言されると、何故だか反抗したくなってくる。ムッとしたサラは彼に食ってかかった。

「嘘じゃないわ！　キスなんかされたくないもの」

本当はしたいのに。

彼の唇が目に入る。いや、キスのことを考えると、その唇しか目に入らなくなっていた。ああ、どうしたのよ。私は一体どうしてしまったの？

身体が自分の思うとおりにならない。彼に抱き締められて、唇を貪《むさぼ》られたら、どんなに気持ちがいいのかと考えてしまう。

サラは一生懸命に自分の理性を呼び戻そうと葛藤《かっとう》していた。

「キスしてと、君が言わない限りもうしない」

彼女はひそかに落胆した。本当はしたかったからだ。しかし、自分がしたいと言えば、彼はしてくれるはずだ。

でも……でも……っ。

そんな物欲しげなことは口にできない。彼女はこれでもレディだからだ。寄宿学校時代、どんなに規則を破っていても、根本的にはレディなのだ。ふしだらな真似は絶対にできない。

けれども、こうして傍にいて、目を見つめられていると、どうしてもキスがしたくなってくる。駄目だと思えば思うほど、したくなってくるのだ。少しくらいキスしたところで、天地が引っくり返るわけではない。もう二度もしているのだから、もう一度くらいしたところで、何も変わらないに決まっている。

とうとう、彼女は自分の理性を封じ込めてしまった。

「キス……して」

馬鹿馬鹿しいと半分思いながらも、そう囁いた。顔はもう真っ赤だ。彼の目が満足そうに細められたかと思うと、顔が近づいてくる。心臓がドキドキしてしまって、サラはそっと目を閉じた。

上唇と下唇が交互に彼の唇に包まれて、ゾクッとする。けれども、それは寒気がするからでも、怖いからでも、嫌悪感を覚えるからでもない。それがなんなのか、はっきりとは判らないが、やはり快感のようなものだと思う。

彼の舌が入ってきたときも、もう拒んだりしなかった。三度目となれば、受け入れる余裕がある。しかし、それは決して慣れているからではなく、彼と舌を絡める心地よさを知ってしまったからだった。

どうしてなの……？　私はこの人のことをよく知らないのに。

彼にキスされると、頭の中がわふわとしてくる。身体が熱を帯びてきて、胸の奥が苦しくなるほどだった。

もっとキスしたい。キスされたい。身体にも触れてほしい。

そんな欲求が込み上げてきて、サラは自分自身に驚いた。自分が堕落したようにも思えてくる。彼にとっては、こんなキスは大したことのない行為のはずだ。戯《たわむ》れにされたキスを真面目に受け取って、もっと先に進みたいなんて思ってしまうことは、危険極まりなかった。

サラが思わず彼の腕に触れたとき、唐突に唇が離れた。まるで突き放すように、彼が背を向けた理由が判らなかった。

何……？　何か気に食わないことでもあったの？

キスしたかったのは、何も自分だけじゃないはずだ。彼だってしたかった……というか、したいから、サラから求めるように仕向けたはずだ。それなのに、どうして、こんなふうに突き放すのだろう。

これも狩りのひとつなの？

求めさせておいて、弄んで、突き放す。彼の残酷《ざんこく》さがはっきりと判ったような気がした。彼の術中にはまってはいけない。うっかり気を許し、身体まで許してしまったら、後でひどい目に遭うことになるだろう。これは彼にとってゲームだ。狩りという遊びなのだ。本気に取ってはいけない。

サラは気落ちする自分を叱った。男女のことは何も知らないに等しいから、アレクのしていることの意味だって、はっきりとは判っていない。けれども、自分がこれ以上、彼に深入りしてはいけないことだけは、本能的に判っていた。

そもそも、サラは正体を偽っている。彼は彼女のことを未亡人だと思っているのだ。二人の間に何か起こっても、彼はサラの身体を弄《もてあそ》ぶだけだ。精々、愛人にする程度だろう。結婚なんて考えていない相手に、唇を許すことはよくないことだ。

サラは慎重に振る舞わなくてはいけないと思った。二人の間に何かあったら、困るのは自分だけなのだ。だから、今、彼が離れたことに対して、感謝するべきだった。もちろん、どうして彼が離れたのか、サラにはさっぱり理由が判らなかったのだが。

アレクは彼女から離れて、テーブルの上に置いてあったスケッチブックを手に取った。そして、椅子にゆったりと腰かけて、彼女のほうに目を向けた。今はもうあの優しい眼差しではなく、冷静な目つきになっている。彼がどうして自分をこれほどコントロールできるのか、サラには判らなかった。彼女はこんなに動揺しているのに、彼は平静そのものだった。

「そこで好きなようにポーズを取ってくれ」

アレクは彼女に指示を出した。

「好きなように……?」

「ああ。そして、私がいいと言うまで、そのポーズを取り続けるんだ。私はそれをここに描いていく。もちろん、これはただ君をこの場に慣れさせるためにすることだ。最終的に裸になっても、緊張しすぎないように」

そうだった。そのために、一日につき一枚ずつ脱いでいくという約束をしたのだった。今はまだ練習段階だ。彼のための練習ではなく、サラにとっての練習に過ぎなかった。

サラはモデルに徹《てっ》しようと、なるべく身体の力を抜き、腕を胸の辺りで組むと、背もたれに身体をもたれかけさせた。つんと顎《あご》を反らせて、彼をまっすぐに見つめると、高飛車な女の出来上がりだった。いつまでも彼に馬鹿にされていてはいけない。そんな気持ちで取ったポーズだった。

アレクは一瞬目を瞠《みは》ったが、口元には笑みが零《こぼ》れている。それを引き締めると、スケッチブックに彼女の姿を木炭で描き始めた。手を走らせているとき、彼は何も言わない。ただ、鋭い目つきで彼女を見据え、それこそ相手を人間として認識していないように見えた。

彼が誘惑するような目つきをしてくるときより、よほどこちらのほうが安心できる。サラはほっとしながら、彼にまっすぐ目を向けていた。

何度かポーズを変えながら、同じことが繰り返される。その間、二人とも無言だった。しばらくして、やっと彼が声をかけた。

「疲れただろう。しばらく休もうか」

「はい……」

サラは安堵したような溜息を洩らした。モデルというのは、なかなか難しいものだ。彼が描いている間、動いてはいけないからだ。しかも、彼はその間、いつもと違う目つきで彼女を見ている。今まで絵のモデルのことを簡単に考えていたが、そうではなかったことを思い知らされた。

やはり、これもまた立派な仕事のひとつなのだ。趣味であるにしろ、アレクが絵を真剣に描いているのは判る。彼女は軽く考えていた自分を反省した。しかし、それでも、目的を果たしたら、すぐに出ていくつもりだ。悪いと思うが、自分の裸が彼の絵に描き出されるのは恥ずかしい。

そんな場面を思い描くだけで、身体が熱くなってきそうだった。ここで裸になり、このソファにしどけなく横たわる自分。それを鋭い視線で見つめる彼。刺激的で官能的だが、やはり未婚の自分には荷が重過ぎる。絶対無理だ。彼が手を出してこなくても、やはり無理なものは無理だった。

「飲み物を持ってきてもらおう。君はそのままでいいかい？」

サラはぱっと立ち上がって、衝立の後ろに隠れた。大急ぎでドレスを身に着ける。アレクは笑いながら、紐《ひも》を引いた。

すると、程なくして、メイドが現れる。アレクは紅茶とクッキーを持ってくるように言いつけた。その間、サラは最初からドレスを着ていたような顔で、元のソファに座り、長い髪を手で撫でつけていた。

「君の絵が出来上がったときには、みんなが君の裸を目にすることになるんだよ」

恥ずかしがっても、意味がないということだろう。このままここにいたら、確かにそういうことになる。しかし、宝石箱さえ見つかれば、すぐに出ていくことにしている。

ああ、でも、宝石箱が見つからなかったら……？

いや、見つからなくても、自分の裸の絵を彼に描かせるわけにはいかない。どうあっても、逃げるしかなかった。アンナには悪いが、サラはアレクが怖かった。アレクは近づいてきたり、離れたりして、彼女を翻弄《ほんろう》することに成功している。このままだと、彼の思いのままに操られてしまいそうだった。

今日だって、うっかりキスしてほしいと口走ってしまった。危険だ。危険すぎる。

メイドが紅茶とクッキーを持って、アトリエに現れた。アレクは脇に退《ど》けていたテーブルをソファの前に置いて、紅茶のポットとカップ、それからクッキーが載せてある皿をそこに置かせた。

メイドが好奇心でサラの様子をちらちらと見ていることに気がついた。侯爵と未亡人が二人きりでアトリエにこもって何をしているのか、気になっているのだろう。

「私が紅茶を注ぎますから」

サラはメイドをアトリエから追い出した。侯爵はくすっと笑って、彼女の隣に腰を下ろした。急にまた彼との距離が近づいて、サラは動揺する。今まで画家とモデルという立場にいたかと思うと、今度はまた恋人か何かのようにくっついてくる。サラには彼の考えていることが、さっぱり判らなかった。

「君を見ていると、面白いな」

「……何が面白いと？」

サラは首をかしげた。面白いところなんてないと思う。これでも、いろんなことに適応しようと、必死なのだ。

「未亡人とは思えないほど純真な娘に見えたり、かと思うと、気の強い女に見えたり、どちらが本当の君なんだろうな？」

「どちらも本当かもしれませんよ」

サラはポットから紅茶を注いだ。自分でも何がなんだか判らないのだ。気が強いのは昔からだが、彼に触れられると、理性がどこかに行ってしまう。彼に翻弄《ほんろう》されて、淫《みだ》らな自分が顔を出すのが嫌だった。今も彼が横にいることを、過剰に意識している。昨日のように、彼に触れてもらえないかとも思ってしまうのだ。

そんなことは、絶対に駄目なのに！

「あなたこそ……よく判らない人だわ。キスしたかと思うと、さっさと突き放してしまうし」

「あれは……仕方がなかったんだ。あのままキスをしていたら、ここで君を押し倒して思いを遂げていただろうからね。君がどんなに抵抗したとしても」

サラは息を呑んだ。自分がそこまで危機的状況に陥っていたとは知らなかったのだ。

「い、今は……？」

「今は大丈夫だ。そのために、君と距離を置いて、冷静な目で絵を描くことにしたんだ」

そういうことだったのか。わざと自分を翻弄しているだけかと思っていたが、そうではなくて、自分のことを思いやってくれていたのだ。

「正直言って、君を抱くのは簡単だと思う」

「なんですって？」

そんなことを簡単に許すと思われているのだろうか。サラはムッとして、彼を睨《にら》みつけた。彼は彼女の顔を見て、笑い出した。

「君はそうじゃないと思っているが、私が自分を抑えなければ、そういうことになっていた。昨夜だって……そうだろう？」

サラは顔を真っ赤にした。彼の長い指が自分の中に入ってきたときの燃えるような感覚を思い出したからだ。彼がやめなければ、一体どうなっていただろう。恐らく彼の言うとおりになっていたかもしれない。

だいたい、昨夜の彼女はまるっきり無防備だった。抵抗したとしても、男の力にかなうはずもない。彼が望めば、そういうことになっていただろう。

「でも、あなたは狩りをしたいから……やめたんですよね？」

「それもある。だが、亡くなったご主人のことをまだ想っているのに、身体だけ奪っても後味がよくない。君から求めてくれなければ……」

「私から……求める？」

キスして、と口にしたときのように？

サラは顔から火が出そうだった。自分から彼に抱いてほしいと懇願《こんがん》するのだろうか。そんなことは、絶対にあり得ない。本当の未亡人なら、あるかもしれないが、未婚の娘が自分から求めることはないだろう。

「だから、君は安心していていい。無理やりはしない。君が抱かれるときは、君が望んだときだけだ」

サラはほっとしていいのかどうか、よく判らなかった。彼は考えていたより、ずっと紳士的な男だ。会ってすぐに脱げと言われたり、キスをされたせいで、誤解していた部分もあったかもしれないが、彼の言い分には説得力があった。

とはいえ、彼は別に結婚相手としてサラを望んでいるわけではない。やはり、これは遊びなのだ。しかも、サラのほうから求めてくると信じている。ただの自惚《うぬぼ》れ男なのではないだろうか。

「私はあなたの望むとおりにはなりませんから」

サラは毅然とそう言うと、ソーサーを手に取り、カップを口に運んだ。

「君のそういうところが好きだな」

いきなりさらりと言われて、サラは紅茶を噴き出すところだった。

「す、好きって……」

「なんというか、気に入ったんだ。今までのモデルときたら、私に色目を使ってきて、すり寄ってきた。君はそういうところがない」

「誘惑されるのがお嫌いなんですよね？」

アレクは爽やかな笑い声を立てた。

「ああ、嫌いだ。若い頃に誘惑に屈して、自分を見失い、挙句にとんでもない事件に巻き込まれたことがある。あれ以来、誘惑してくる女は誰でも遠ざけることにしている」

最初に誘惑するなと言われたときには、なんて自惚れた男だろうと思ったが、そういう理由があったのか。それで、モデルを解雇しないために、あらかじめ予防線を張ったに違いない。

サラは少しだけ彼が気の毒になった。昔の恋愛が今も尾を引いているとは、一体、相手はどんな女だったのだろう。

「それで、自分から誘惑するのがお好きなんですね？」

「今まで自分から誘惑したことはない。声をかければ、だいたい思うとおりになった。こんなに手こずるのは、君が初めてだ」

「それはどうも」

ありがたいのかどうかと訊かれれば、ちっともありがたくない話だ。彼が誘惑しようとせず、仕事に徹してくれれば、こちらだってやりやすかった。裸婦はともかくとして、普通の絵のモデルならば、同じポーズを取りすぎて身体が痛くなるくらいだったろう。

それなのに……。

どうして、こんなややこしいことになったのだろう。やはり元凶はアレクだ。自分のことなど放っておいてほしかった。傍にいれば、気持ちが乱れるし、落ち着きがなくなる。自分が自分でなくなるようだった。

こんな私は嫌だ。いつもの私はこんな人間じゃないのに。

「私のことなんて放っておいていただきたいんですけど」

「そういうわけにはいかない。君はここで絵のモデルをした後、どこに行くつもりなんだ？　家もない。金もない。君は貧しい暮らしをするような女じゃないよ」

「でも、それは仕方がないんです。夫が……」

「君の夫はろくでなしだ」

苦々しげに彼は吐き捨てた。そんなふうに先のことまで、サラは考えていなかったのだ。何しろ、宝石箱だけもらって、逃げようと思っていたのだから。とにかく、彼の前では、亡き夫をまだ愛している未亡人を演じなくてはならない。

「君さえ素直になってくれれば、私は君に家やドレスを買ってあげられる」

「まさか、あなたは本当に私を愛人にしようなんて思ってるの……？」

昨夜も同じようなことを聞いた。すでに判っていたことだが、彼がやはり本気だったと気づいて、サラは青ざめた。いや、彼からすれば、貧しい未亡人など結婚の対象にはならないのだから、気に入れば、愛人にしようと思うのは当たり前の話だった。一夜限りのお慰《なぐさ》みでないだけ、ましなのかもしれない。

「愛人は嫌なのか？　裸にはなる決心をしたのに」

もちろん決心などしていない。彼女はそれまでに逃げるつもりなのだから。

「それとこれとは違います。裸になるのは、表面だけのことで、愛人は……その……」

「自分の内部まで晒すことだと？」

そんなふうに言われると、ただ恥ずかしいばかりだ。サラは頬を染めて、顔を背けた。

「私……夫を裏切ることができません」

これが彼女に残された切り札だった。これさえあれば、アレクはサラを誘惑できなくなる。無理やりにしないと、彼は紳士的に約束したのだ。これを自ら破るような人でないことは、もう判っている。

「いや……。君はいつか私に屈する日が来る。君の身体が私を欲しがっていることは、判っているんだ」

「ち……違うわ！」

彼女の声は震えていた。否定しながらも、それが真実であると、彼女自身は知っている。彼に抱かれて、キスの先の行為を教えてもらいたくなる。だが、そんなことは許されないのだ。

それに、もうひとつ彼女には引っかかることがあった。

二人の間に愛情はないのだろうか。欲望しかないのか。

サラはまだ男女の愛について、よく判っていなかった。経験したことがないからだ。けれども、愛がなければ、二人の仲は長続きなどしないと思う。欲望というのは、一過性のものであって、衝動的なものではないだろうか。彼女はそんなものに身を任せる気にはなれなかった。

サラはできることなら、愛情に満ちた結婚をしたかった。そこで生まれる子供達は幸せになれる。ケンドール家の家族のように。

そうだ。サラはクイントン男爵家の人間で、アレクはリンフォード侯爵なのだ。この二人がまともに出会っていたとしても、結婚できるはずがない。まして、サラが未亡人に身をやつしている以上、やはり行き着く先は愛人関係だ。

フローラ・コルトンなんて、存在しないのに……。

彼がそれを知ったら、激怒くらいでは済まないだろう。つくづく、自分がとんでもないことをしていると思う。しかも、彼女はアレクに惹かれていた。もう自分に嘘をついても仕方がない。こんな男は嫌いだと、はねつけられれば、もっと簡単なのに、そうではないから複雑なのだった。

「とにかく……あなたがどう思おうが、私は誘惑には屈しませんから」

「ああ、どうぞご自由に」

アレクはいずれ自分の思うとおりになると思い込んでいる。サラは溜息をつく代わりに、紅茶を飲み干した。

ふと、窓を見ると、まだ日が暮れる時刻でもないのに、暗くなり始めている。

「雨が降るのかしら……」

「そうかもしれない」

「雷が鳴らなければいいんだけど」

「雷が怖いのか？　子供みたいに？」

アレクは微笑しながら、サラの髪をそっと撫でてきた。

「子供じゃなくても、怖いわ。空が割れるような大きな音が鳴るんだもの」

あの音を聞いて、平気でいる人間の気が知れない。動物だって、あの音を本能的に嫌がっている。

「夜中に雷が鳴ったら、私のところに来るといい。ベッドで慰めてあげよう」

「そんな手には乗らないわ」

サラは笑いながら、彼の手を取り、自分の髪から遠ざけた。髪を撫でられていると、気持ちがよくなってしまう。本当に困るのだ。彼にこれ以上の欲望を抱きたくない。欲望だけならいいが、その他の感情もかき立てられたくないのだ。

「さあ、また始めよう」

アレクに促され、サラはまた衝立の後ろに回る。そして、黒い喪服《もふく》を脱ぎ去った。

それから、十日近く経っても、まだ宝石箱は見つからなかった。

目ぼしいところはすべて探した。後は一階の書斎と図書室だ。あの辺りはアレクが夜中にいるときもあるので、なかなか侵入しにくかった。だが、いつまでもグズグズしているわけにはいかない。

今日は五枚目のペチコートも脱いで、薄いシュミーズ一枚の姿で彼の前に立った。ドロワーズやストッキングや靴は最後のペチコートを脱ぐ前に、すでに脱いでいたので、本当にシュミーズ一枚だけの姿だった。

アレクは自分の欲望を抑えるのに精一杯だったらしく、サラを見た途端、口もきかなくなった。身振りで座るように促した後、ただひたすらに黙々とスケッチブックに絵を描いていた。いつものようにキスされたり、触られたりしたら、サラも困っていたと思うが、彼の動揺ぶりが伝わってきて、ますます緊張するだけだった。

彼にさえ余裕がないのだ。サラはもっとだ。緊張と恥じらいと困惑と……とにかくいろんなものが襲いかかってきていて、どうすることもできない。

なので、今夜、書斎と図書室を調べてみて、何も出てこなかったら、朝になる前にさっさと出ていくつもりだった。明日はとうとうシュミーズも脱がなくてはならない。全裸になるのも嫌だが、アレクの紳士的忍耐も限界が近い。捨て身の誘惑を始められたら、サラもそこから逃れられるかどうか自信がなかった。

毎日、彼と過ごしてきて、警戒心も薄れている。惹かれていることを否定できないし、触られることやキスされることが嫌でもないのだから、気がついたら、彼の腕の中にいるということも考えられる。

駄目だ。それは絶対に駄目だ。

しかし、いざとなると、理性はなんの役にも立たない。それは彼の指を入れられたときのことを思い出せば判る。彼が本気になれば、きっと彼女は抵抗できないだろう。

そんな訳で、サラは夜中に明かりも持たずに部屋をそっと出た。

遠くで雷が鳴っていることが気にかかる。こちらに近づいてこなければいいのだが。サラは暗闇に目が慣れるのを待って、廊下を進み始めた。もしアレクが起きていたらと思うと、明かりはつけずに移動したほうがいい。なるべくそっと動けば、もし向こうが起きていても、気づかないかもしれない。

ようやく階段に辿り着いた。大きな窓があるが、今夜は月が出ていないようで、かなり暗い。と思ったそのとき、突然、青い稲光《いなびかり》が窓から見えた。

小さな悲鳴を上げて、サラは両手で耳を塞ぎ、その場に身を屈《かが》めた。

程なくして、大きな音で雷が鳴る。

なんで、こんなときに……!

サラは怖くて、耳から手が離せなくなっていた。この雷が遠くに行ってしまうまで、身動きができない。もちろん動いたところで、自分に向かって雷が落ちるわけではない。判っているのだが、怖いのだ。

「ああ……」

目に涙が滲む。心臓の音が大きく響いている。

早く宝石箱を探し出したいのに、それができない。こんな廊下なんかで身を竦《すく》ませていては、どうしようもないのに。

「フローラ……！　大丈夫か？」

押さえていた両耳に、この場では最も聞きたくなかった声が聞こえた。どうしてアレクがこの場に現れるのだろう。

「私……雷が怖くて……」

説明しかけたときに、また稲光がして、天を切り裂くような音がした。サラはアレクにしがみつき、その胸に顔を埋めた。怖くてならない。彼女は助けを求めていた。

アレクは彼女をしっかり抱き締めた。

「雷が鳴り出したから、君が心配になったんだ。まさか君は私の言葉を真に受けて、部屋に来ようとしていた……？」

まさか、そんな訳はない。弱々しく首を横に振ったが、今となってはもうどうでもよかった。ただ彼に助けてもらいたい一心で、身体をすり寄せる。アレクの身体に力が入る。

そして、さっと彼女を抱き上げた。

「アレク……！」

「君の部屋に連れて帰るだけだ」

また雷が鳴る。サラは震えて、彼の首に摑まった。彼の腕の中にいれば、守ってもらえる。何があっても安心だという気がしてならなかった。

アレクはサラを部屋に戻し、ベッドへと下ろした。だが、サラは怖くて、彼から手が離せなかった。

「いやっ……行かないで」

震える彼女を宥《なだ》めるように、アレクは背中をそっと撫でた。

「そんなに怖いのかい？」

「怖いの……っ」

サラの唯一の弱点と言ってもいい。これだけは怖かった。こんな醜態《しゅうたい》を晒《さら》すなら、最初からベッドに潜り込んでおくべきだった。雷なんてずっと鳴り続けるものではない。いつかは止むのだから、そのときになって、宝石箱を探しに行けばよかったのだ。

しかし、そんなことを今更考えても仕方がない。事実、彼女は雷の罠《わな》にはまっていたし、アレクにも見つかってしまった。

彼女はアレクから離れるべきだと判っていた。が、どうしても今は離れられなかった。この安心感を手放したくない。この温もりにずっと包まれていたら、安心できる。

そんなことは考えてはいけないのだ。彼は男性で、自分は女性だ。しかも、ここはベッドの中だ。二人きりで、抱き合って……。

突然、サラは彼を意識し始めた。雷が怖いばかりだったのに、急に彼と身体を密着させていることが気になってきたのだ。

サラが身じろぎをすると、彼のほうも彼女を抱き締める手に力が入った。

駄目……。

この状況はよくない。だが、それが判っていても、彼女は彼を突き放すことができなかった。頼みの綱の彼も自分から離れることができない。次第に息苦しくなってくる。互いの鼓動《こどう》が速くなっているのが、はっきりと判る。そして、お互いの身体の熱さも。

アレクの手がいきなり彼女の髪のリボンを解いた。そして、三つ編みにしていた髪に手を差し込んで、梳《す》いていった。

たったそれだけのことなのに、彼女の身体から力が抜けた。髪を撫でられることに弱いのだ。髪を撫でられる度に、今まで我慢していた感情や欲望が一気に噴き出してくるような気がした。

もちろん、いけないことだと判っている。それでも、自分を止められそうにない。身体が熱く変化してくる。もう、どうしようもない。

恐らくアレクも同じ気持ちなのだろう。彼だって、ずっと我慢してきたのだ。彼女が誘惑に屈しないから。けれども、限界なのだろう。肩を抱き寄せて、唇を重ねてきた。

唇をそっと吸われる。とても優しい口づけだった。こんな状況だから、雷から守るという意味もあるのかもしれない。正直、今のサラは雷どころではなかったが。鳴っていたとしてももう気にならない。完全にアレクに集中していたからだ。

柔らかく口づけて、舌を絡めているうちに、彼も我慢できなくなってきたのか、急に貪《むさぼ》るようなキスに変わってきた。

荒々しい情熱を感じる。これがただの欲望でもいい。彼女自身、自分の欲望に踊らされていた。

いや、これが純粋な欲望だけではないのは判っている。けれども、サラはそれを認めるのが怖かった。クイントン男爵家の仇《かたき》、とも言うべき男だ。彼を好きになってしまっても、未来はない。もちろん彼に抱かれても、それは同じことだ。

純潔《じゅんけつ》は何より乙女には大事なものなのに……。

けれども、今は彼を感じたい。彼のものにしてもらいたかった。

サラは自分がサラ・ケンドールだということを、今だけは忘れようと思った。他のことは考えたくない。ただ、彼に身を任せたかった。たとえ後悔すると判っていても、今はそうするしかなかった。

アレクは唇を離し、サイドテーブルに置いてあったランプに火を灯し、サラを見つめた。

「……いいのかい？」

彼の眼差しは真剣だった。身体は熱くなっているのに、気持ちだって逸《はや》っているはずなのに、その瞳だけはかろうじて冷静を保っているようだった。ここで首を横に振れば、彼は部屋に戻るはず。けれども、サラはそうしたくなかった。

彼女はかすかに頷《うなず》く。そうすることで、自分を窮地《きゅうち》に追いやってしまった。

「ああ……フローラ……！」

彼が呟《つぶや》いたその名前は、彼女のものではなかった。一瞬、胸に痛みが走った。が、それは仕方のないことだ。本名だけは知られてはならない。

アレクはサラを抱き締めながら、ベッドに倒れ込んだ。そうして、夢中でキスを交わす。

サラは彼の情熱に圧倒されていた。彼の世界に引き込まれ、もう元に戻れそうになかった。

「ずっと……ずっと待っていたんだ……。フローラ……っ」

彼はサラのガウンのサッシュを解き、それを左右に開く。そして、ナイトドレスのボタンを外していく。が、途中で面倒になったのか、ガウンから腕を抜くと、ナイトドレスの裾をまくり上げて、上から脱がせてしまった。

アレクの前で全裸になったのは二度目。だが、最初は一瞬だけだった。こんなにじっくりと見つめられるのは初めてだ。

「そんなに……見ないで」

見られることに何故だか興奮してくる。彼女は喘《あえ》ぐように大きく息をついた。その度に胸が上下している。それを見て、アレクはそっと手を伸ばして、彼女の片方の乳房を掌《てのひら》に包むように触れた。

「柔らかい……。けれど、張りがあって……私の手にちょうどいい」

「あ……っ」

彼は乳房全体を丸く包みながら、薔薇《ばら》色の頂を指で弄《いじ》った。

「最初見たときから、こんなふうに触れてみたかったんだ」

「恥ずかしい……」

「どうしてだ？　君の身体はこんなに綺麗だ。ずっと見ていたい。ずっとこうして触れていたいくらいだ」

そんなふうに言われて、気が遠くなってくる。胸を触られて、気持ちいい。指を挿入されたときのような強烈な快感ではないが、彼女の最後の理性を突き崩すには充分だった。

「あ……いやっ……」

指で弄られることが気持ちよすぎて、彼女は身体をくねらせた。

「嫌ではないことは、もう判っているよ」

アレクはもう片方の乳房に、今度はキスをした。そして、いやらしく舌を乳首に這《は》わせていく。それが一層、彼女を惑乱《わくらん》させる。こんないやらしいことを彼に許しているなんて、自分が信じられない。今すぐ、抵抗すべきだ。

けれども、彼女はどうしてもできなかった。彼の指で弄られたり、舌で舐《な》められていると、身体がゾクゾクしてくるのだ。それと同時に下腹の辺りが熱を帯びてくる。どうにもならない快感が彼女を直撃した。

確かに、本心からやめてほしいなんて思っていない。このまま進めばよくない結果を生むことだけは判っている。だけど、やめたくないという気持ちがある。それがある限り、サラは彼をはねつけられなかった。

それどころか、もっとしてほしいと思ってしまう。この間の夜のように、指をそっと挿入されたら、どうなるのだろう。想像しただけで、脚がそわそわと動く。

その様子に気づいたのか、彼は乳首を舌と唇で愛撫しながらも、手を彼女の太腿の間に差し込んでいった。

「あっ……」

そっと指先が触れただけなのに、身体がビクンと大げさに揺れる。

「ここは私を待っていたようだな」

彼はそう呟くと、指を軽くそこに触れさせるようにして撫でていく。触れるか触れないかくらいの、ほんの少しの刺激なのに、サラはたまらない気持ちになった。

もっと大胆に触れてほしい。指で撫でて、内部にも入れてほしかった。

だが、もちろんそんなことは口に出せない。サラはただ衝動に突き動かされて、腰を揺らすばかりだった。

「まだちゃんと触ってもいないのに、ここはずいぶん濡れてしまっている」

どうして濡れているのか判らないが、女性の身体はそういうふうになるものだろうか。

そこが熱く潤っているのが、自分でも判っていた。もう下半身が蕩《とろ》けていきそうだった。

「もっと……もっとちゃんと……触って」

とうとう我慢できずに、彼女はそう口走ってしまっていた。

ああ、なんてことを……。

顔から火が出そうだった。拒絶するならともかくとして、自分からねだるなんて、こんな恥ずかしいことはなかった。

「だんだん素直になってきたね」

アレクは満足そうな声で、敏感な部分を強めに擦《こす》った。その途端、身体に何か強い作用が現れて、ビクンと大きく身体が跳ねる。

「ああ……何？　今の……」

「君はこんなに敏感なのに……何も知らないんだな」

不思議そうにアレクは呟くと、彼女の太腿を開いた。

「やっ……やめてっ」

彼女は脚を広げられたことで、その狭間にある部分が晒されていることに気がついた。

ランプの光が充分ではないことを承知でいながらも、そこを見つめられているのは耐えがたかった。

「見ないで……！」

「どうして？　一度もここを見られたことがないのか？」

あるわけがない。少なくとも、物心ついてからは一度もない。男性がそんなところを見るなんて、考えたこともなかった。

サラは泣きそうだった。裸だって、彼にしか見られたことがない。夫でもないのに、こんなに、何もかも晒すなんて……。

自分でも信じられなかった。

「恥ずかしがらなくてもいいんだ」

「だ……だって……」

彼の視線がまだそこをさ迷っている。サラは脚を閉じたかったのだが、彼の力が強くて、どうしてもできない。

「とても綺麗だ……」

彼の息がそこにかかる。サラは自分の脚がガクガクと震えてくるのが判った。

どうして、そんなに顔を近づけているの……？

じっくり見るため？　それとも……。

「あ……いや……」

アレクの唇がそこにキスをしている。とても信じられなかった。見られただけでも脅威だったのに、その上また、こんなことをされるなんて……。

キスだけではなかった。彼の舌が柔らかくそこを愛撫している。彼女の胸の鼓動は更に速くなっていた。呼吸も乱れている。興奮しすぎて、訳が判らなくなる。

シーツをギュッと摑んだ。彼に舐められたところが、熱く痺《しび》れている。

「ああ……あああっ……」

唇から喘ぎ声が洩れる。もうどうしようもなかった。とても、止められない。腰がひとりでに動くことも、止められなかった。

「甘い蜜《みつ》が……次から次へと溢れ出てくる。私がいくら舐め取っても、きりがないくらいだ」

甘い蜜って、なんなの？

よく判らないが、彼に舐められる度に、自分の中から熱いものが溢れ出している。

「だって……止められないの……」

「いいんだ。君が感じている証拠だから。すごく嬉しいよ」

アレクは彼女を慰め、指でそこを弄りだす。そのうち、一本の指が彼女の中へと侵入してきた。

サラはこの間の夜から、ずっとそれを待っていたのだ。挿入された途端、身体にぐっと力が入る。

「これがそんなにいいかい？　すごい締めつけ方だ」

「ああ……だって……」

ってしまっている。他のことが考えられなかった。自分の体内にある彼の指のことしか頭になかった。

彼がゆるゆると指を中で動かしている。何をしているのだろう。よく判らないが、その行為にとても自分が興奮していることだけは判った。このままでは、すごくみっともない姿を晒《さら》すことになりはしないだろうか。サラは快感を貪《むさぼ》っている自分を見られていることが、怖かった。

「見ないで……私を……」

すすり泣くような声で、アレクに訴えた。

「何故だ？　君はこんなに綺麗なのに……」

彼は指を挿入しながら、一番敏感な部分にそっと舌を這わせる。指で弄られるより柔らかい感触に、サラは震えながらも、じっと堪えた。

「んっ……うん……んんっ」

彼女はいつまでも喘いでいるのが恥ずかしくなって、なんとなく唇を引き結んだ。だが、その甲斐もなく、鼻に抜けるような甘い声を出すことになっただけだった。

我慢なんかできない。腰が震える。舐められている部分が熱く痺れてきた。

「や……ぁっ……」

身体のどこもかしこも熱くなっていた。彼の行為をやめさせたいが、同時にずっと続けてほしいという気持ちもある。自分の快感が次第に制御できなくなってくる。

気持ちがいいのに苦しい。苦しいのに気持ちがいい。そして、やめてほしくないのに、やめてほしい。やめてほしいのに、やめてほしくない。

自分がどっちを求めているのか、判らなくなってしまう。身体が小刻みに揺れている。

身体の奥に渦巻いていた熱が、一気に膨らんできて、鋭い快感が彼女の全身を貫いていった。

「あああっ……！」

それは一瞬のことだったが、サラは驚きすぎて目を見開いたまま、身体を強張らせた。

なんなの、今のは……。

呆然としている間にも、快感の余韻《よいん》のようなものが彼女の身体に漂っていた。それはとても穏やかなものだった。アレクはゆっくりと指を引き抜くと、身体を起こし、自分の服を脱ぎ始めた。

サラはただそれを見つめていた。今しがた経験した快感があまりにも大きすぎて、衝撃が強すぎたのだ。まだ脚が痙攣《けいれん》するように震えている。身体の熱は完全に引いておらず、次の何かを待っていた。

次の何かって……。

サラは思わず喉《のど》を鳴らした。

アレクは身につけていたものをすべて脱ぎ去っていた。自分の身体とはまったく違う。筋肉が充分に発達した男性の裸だ。柔らかいところはどこにもない。特に、股間にはいきり立ったものがある。

それが何を意味するのか、サラの乏《とぼ》しい知識でも判った。彼のものが自分の身体に入ってくるところを想像したが、不思議と恐怖は感じなかった。興奮が醒めていないせいなのかもしれない。

彼女は何もかも経験したかった。彼に抱き締められて、彼のものになりたかった。

ああ、私も彼を誘惑するふしだらな女と同じなのかもしれない。違うのは、誘惑してきたのが、彼のほうだったというだけだ。

「私……」

感極まったように、続きが言えなかった。

私、彼のことが好きなのかもしれない。

唐突に、そんな考えが浮かんだ。

そんな……まさか！

彼女は自分のそんな考えを否定した。しかし、好きでもなければ、自分がこんな危機に陥っているのに、平然と彼の前でじっとしているわけがない。それくらい、判っている。

彼に抱かれたいのだという欲求は、それほど強かった。

何を失っても、彼が欲しいのだと。

こんな考えが危険なことは判っている。自分は未婚の娘なのだ。しかも、正体を偽っている。二人の間にはなんの未来もないのだ。

それなのに……。

今、彼から離れたくなかった。どうしても彼が欲しい。欲しくてたまらない。

アレクは彼女の両脚を抱えるようにして、大事な部分に己のものを押し当てた。彼がそのまま腰を押し進めてきたとき、サラは大きく目を見開いた。

痛い……！

そうだわ。初夜は痛いものだって、聞いたことがある。

彼女は彼に抱かれることを夢の中の出来事のように考えていたため、何かの本で読んだ知識をすっかり忘れてしまっていたのだ。

「どう……なっているんだ？　フローラ……君は……」

アレクは眉をひそめて、身体を放そうとした。だが、今、離れるのは嫌だった。サラは彼の腕に手をかけて、自分のほうに引き寄せようとした。

痛くてたまらない。強く閉じた目からは涙が流れ出していた。

「君はまさか……！」

「お願い……アレク」

彼女はどうしても彼が欲しかった。その一心で、必死で痛みを我慢していた。何か間違っているような気もしたが、この気持ちに嘘偽りはない。

アレクは呻《うめ》くような声を出したが、もう彼女から離れようとはしなかった。

「すまない。もう……我慢ができないんだ……」

彼はゆっくりと慎重になりながらも、彼女の中に入ってきた。彼がすべてを収めきったとき、サラは目を開けた。涙で霞んでいたが、彼の複雑な表情ははっきりと判った。

「フローラ……」

彼はサラを抱き締めて、彼女の涙にキスをした。

「君は処女だったのか……。だが、どうしてだ？」

「お、夫は……病気で……」

「結婚したときから、そうだったのか？」

サラは黙って頷いた。大嘘だが、もう嘘を重ねるしか、彼を納得させる方法がなかったからだ。

「だから、君は……あんなに恥ずかしがっていたんだな。言ってくれればよかったのに」

そんな恥ずかしいことを口にできるだろうか。それに、サラは未亡人という肩書きで、自分の評判を守れると信じていたのだ。まさか、彼が誘惑してきて、しかも、その誘惑に自分が屈してしまうとは思わなかった。

彼女は彼の背中にそっと手を触れた。硬い筋肉が掌に触れる。それと同時に、なんだか判らない興奮が身体を駆け巡った。

今、彼は私の腕の中にいる……。

これ以上ないくらいに近くに、彼がいる。サラは何故だか身体を繋げていることに幸せを感じていた。

もう、他のことは考えたくない。今は自分と彼のことしか頭になかった。

「なんて……君は可愛いんだ」

アレクは軽く唇を触れ合わせると、ゆっくりと腰を動かし始めた。

サラは再び大きく目を見開いた。これで終わりではなかったのだ。まだ続きがあった。

彼が動く度に快感を得ていることが判る。そして、同時に彼女もとても気持ちがよかった。

ああ、また……。

身体の奥から熱いものが込み上げてくる。それが大きく膨れ上がっていくのが判った。

彼女はたまらず、アレクの身体にしっかりとしがみついた。そうしないと、どこかに流されてしまいそうだったからだ。

「アレク……！」

どうしていいか判らず、すがるように彼の名前を呼んだ。彼は微笑み、もっと彼女を強く抱き締めてきた。彼女も彼を抱き返して、全身で彼に窮状《きゆうじよう》を訴える。

腰がひとりでに揺れてしまっている。快感をもっと身体に取り込められるように。

「ああ、もう……もう……っ」

彼女は不意に身体を強張らせた。快感が再び全身を貫き、至福の境地へと彼女を誘った。

信じられないくらい気持ちがいい……。まるで天国に来たようだった。余韻《よいん》の中でぼんやりしている彼女を、アレクは強く抱き締めて、同じように身体を強張らせた。

彼もまた同じように感じたのだと思うと、腕の中にいる彼が限りなく愛しく思えてきた。

彼女は彼の背中をそっと撫でる。滑らかな肌の下に、たくましい筋肉を感じる。彼の鼓動の速さと乱れた息が伝わっていて、事の是非はともかくとして、彼女は今、最高に幸せだと思った。

ほんの少しの間、二人はじっと抱き合ったままだった。

「フローラ……」

彼は彼女の耳元で仮初めの名を呼んだ。そのとき、サラは自分の熱が醒《さ》めていくのが判った。

私はフローラじゃない……。

けれども、こんなことをした後で、今更、名乗れるわけがない。そんなことは最初から

判っていたはずなのに、彼女は愕然《がくぜん》とした。

「君を一生大事にするよ」

アレクの言葉は彼女の胸に刃《やいば》となって突き刺さった。

一生ですって……？

侯爵は身元不明の未亡人と結婚したりしない。彼が言っているのは、サラを愛人としてずっと可愛がりたいということなのだ。彼自身は自分の身分にふさわしい貴族の令嬢を花嫁とする身でありながら。

サラは何も言えなくなった。身体は冷えていく。それは寒さのせいではなかった。

第三章　濡れた絵筆

翌朝、サラは寝不足の目を擦りながら、ベッドから起き上がった。
大変なことをしてしまった。昨夜、ベッドの中で寝返りを打ちながら何度もそう思った
が、今もそう思う。取り返しのつかないことをしてしまったのだ。
どうしよう。私、もう結婚できないかもしれない。
何故なら、花嫁は無垢《むく》であるべきだからだ。それが世間の常識だからだ。
しかし、サラは自分が思っていたよりずっとアレクのことを好きになっていた。だから
こそ、抱かれてしまったのだ。今のところ、彼以外の男性と結婚することなんて考えられ
ない。もちろん、彼には彼女と結婚する気など、まったくない。となると、彼女は一生、
独身のまま過ごすことになる。
それなら、別に花嫁になれないなどと気に病む必要はないということだ。

サラは一瞬ほっとしたが、そう簡単に片付けられるものではなかった。彼女は生まれて初めて好きになった男性と、自ら別れなくてはならなかった。フローラ・コルトンが存在しない以上、そうするしかない。サラ・ケンドールがいなくなるわけにはいかないからだ。いくらアレクのことが好きになっても、今までの自分を捨てて、薄幸の未亡人になることはできない。それは不可能なのだ。それに、愛人になるのは嫌だ。彼が妻を迎えるところを見たくない。

ああ、どうしたらいいの……?

サラは今までいろんな悪戯《いたずら》をしてきたが、ここまで窮地に陥《おちい》ったことはない。寄宿学校にいる間は、温室の中にいるようなものだったのだと、彼女は今更ながら気がついた。まったくの世間知らずだったのだ。まさか自分がこんなに簡単に男性を好きになるとは思わなかった。

昨夜、彼は身体を放した後も、とても優しくしてくれた。こちらが恐縮するくらいに親切だった。そして、夜のうちに彼は自分の部屋に戻っていった。眩暈《めまい》がするようなキスを残して。

いっそ、このままこっそり屋敷を出ていってしまいたい。いや、宝石箱のことなんて放っておいて、出ていくべきだった。これ以上、ややこしいことにならないうちに。しかし、サラはどうしてもできなかった。

このまま一生、アレクの顔を見られないのは嫌だ。あともう少しだけ……。

それは間違っていると、サラの理性は訴《うった》えている。充分、判っている。けれども、どうしようもなかった。一生、結婚せずに暮らしていく覚悟ができるまで、彼の傍《そば》にいたい。もしくは、ここにいる間に、彼に幻滅《げんめつ》できたらいい。

サラはさんざん悩んだが、結局のところ、日が昇ってしまっては、こっそり出ていくという選択肢はなくなった。少なくとも、今朝は無理だ。

彼女は起き上がり、ドレスを身につけた。もう喪服《もふく》は見たくないが、仕方ない。彼女自身、この芝居のことが心底から嫌になっていたのだ。

彼女が騙《だま》していたのはアレクだけではない。ここにいる使用人にもまた嘘《うそ》をついていたことになる。

自分の部屋でさんざんグズグズしていたので、幸い朝食室でアレクと顔を合わせることはなかった。できれば、屋敷をしばらく離れていたかった。午後はアトリエに行かなければならなかったが、午前中は自由だ。サラは見事に手入れされている庭の中を歩いた。昨夜と違って、今朝はとても天気がいい。外套《がいとう》を着ていたが、かえって暑いくらいだった。

サラは小さな可愛い形のガゼボを見つけて、中に入り、ベンチに腰を下ろした。クイントン男爵家の庭にも、こういうガゼボがある。子供の頃、友人と座って、いろんな話をしていたことを思い出した。

あの頃は怖いものなんかなかった。世の中は自分の思うとおりになるものだと信じていたのだ。事実、彼女は大概のことは自分の意見を通していた。何しろ、とても甘やかされていたからだ。そして、寄宿学校時代も、規則はあるにしても、平気で破っていたくらいだから、あまり不自由は感じなかったのだ。

だから、こんな間違いを起こしてしまったのだろうか。甘やかされていたから、今度も自分の思うとおりになると、決めつけていたのが悪かったのか。

サラは溜息《ためいき》をつき、これからのことを考えようとした。が、なかなか考えがまとまらない。したいことと、しなければならないことの間には大変な違いがあると、今更ながら気づいたからだった。

誰かの足音がした。何気なく振り向くと、そこにアレクが立っていた。いきなり彼と会うとは思わなくて、サラは動揺した。予定では、午後に会うはずだったのに。

彼は外套を着ていなかった。黒いフロックコートを着ていて、下には白いシャツとベストを身につけている。クラヴァットは巻いていないが、それでも彼には気品があった。黒い前髪は彼の額にかかっていて、サラはそれを撫《な》でてしまいたい衝動を抑えた。

「アトリエに行くのは午後からだと思っていました」

「いや……。君が庭を歩くのが書斎から見えたから、つい追いかけてきてしまったんだ」

サラは驚いた。まるで恋する若者のような真似を、彼がするとは思わなかったからだ。

「私、ただ、散歩をしていたんです」

言わなくても判るだろうが、一応、言っておく。少なくとも、彼を誘惑するために、ふらふらと庭を歩いていたわけではない。

「君はただ歩いているだけでも、私を惹きつけてしまう」

彼はそう言いながら、サラの隣にさっと腰を下ろした。距離が近すぎて、サラは移動したかったが、ここであからさまに離れるわけにもいかなかった。

これからどうするのか、自分の考えもまとまっていない。こんなときに、彼に会いたくなかったのに。

サラはアレクに引きずられてしまうことが怖かった。一度、身体を許したから、二度目もあると、当然、彼は考えているだろう。彼に誘惑されたら、サラは抵抗できるかどうか、まったく自信がなかった。

「君はいつまで喪服を着ていなければならないんだ？」

アレクは彼女のドレスを見つめた。

「一年と半年後までです」

「……待てない」

突然、そんなことを言われて、サラは戸惑った。サラが喪服を脱ぐことに、彼はなんの関係もないはずなのだが。

「喪服を着るのは、私ですから」

「昨夜は特別だったとしても、やはり喪服を着た女性を誘惑するわけにもいかない」

サラはそれを聞いて、ほっとした。彼がちゃんと理性を保っていることが判ったからだ。

「君は確かに未亡人だが、実際には妻ではなかった。今更、婚姻無効の申し立てもできないが、本当は今でも未婚のままなんだ。喪服なんて……必要かな？」

彼は何が言いたいのだろう。サラは彼の顔を見上げた。彼は昨夜と同じような情熱的な熱い瞳で彼女を見つめている。彼とベッドの中でしたことを思い出し、サラはさっと顔を赤くした。すると、彼の瞳が柔らかい光を放った。

「ロンドンに行こう。君に新しいドレスを買ってあげたい。喪服なんて、着るのはやめるんだ」

つまり、私を愛人にするってこと……？

彼女は顔を引き攣《つ》らせて、彼から視線を逸《そ》らした。

「そんなこと、できないわ」

「何故だ？　昨夜、私達の関係は変わった。君は亡き夫への貞節《ていせつ》を守り続けていたが、彼は形式的な夫に過ぎなかった。それなら、君が頑なに私を避ける意味はないんじゃないか？」

「世間的には、私は喪中の未亡人です。喪服を脱ぐことなんかできない。まして、あなたとの新しい関係を続けるつもりはないわ」

本当は彼とまたキスをしたかった。またベッドで抱かれたい。けれども、そんなことはできないのだ。彼女がサラ・ケンドールである限りは。このまま偽りの関係を続けることは不可能だった。

「君は……昨夜、何も感じなかったのかい？」

「どういう意味かしら？」

彼女は繰り返し、昨夜のことばかり考えている。彼に生まれたままの姿で抱かれ、肉体の快感だけでなく、幸福感をも味わった。だが、彼にとっては、ただの情事でしかないだろう。何もかも初めてだったサラとは違う。

「いいさ。君がそのつもりなら」

彼は怒ったように突き放した。サラには何故、彼が怒り出したのかよく判らなかった。彼はサラを愛人にしたいだけだろう。つまり、身体が目当てなのだ。それを拒絶《きょぜつ》されたから、怒っているのかもしれない。

「私は……これ以上、問題をややこしくしないために……ここを出ていったほうがいいかもしれないわね」

本当は出ていきたくない。彼の傍にいたい。

けれども、それは無理だった。やはり、彼の隣にいるだけで、心が乱れる。身体も落ち着かなくなる。今だって、彼に触れたくて仕方がないのだ。

なんてことかしら。私は結婚もしていないのに。愛してもくれない相手に、こんなに夢中になってしまっている。

せめて、去るときはこそこそと逃げるのではなく、きっちりかたをつけていきたい。宝石箱のことはまだ心残りだが、こんな状況になった今、諦めざるを得ない。

一体、私はここへ何しに来たんだろう。はっきり言って、目的は達していない。しかも、純潔《じゅんけつ》まで失ってしまった。一番悪いことに、彼女はアレクに心を奪われてしまっている。この放蕩侯爵《ほうとうこうしゃく》に。

サラは自分の意志の弱さを振り切るように、立ち上がった。

「ごめんなさい、アレク。私、いいモデルにはなれなかったけど、このままここを出ていくことが一番だと思うの」

「馬鹿なことを……！　私が君を出ていかせると思うのか」

アレクも立ち上がり、サラの両腕を強い力で摑んで引き寄せた。

「だって、それが一番いいことよ」

「誰にとってだ？　君にとってか？」

「二人にとって。その……とっても、ややこしいことになってるもの」

アレクは目を細めて、彼女の心を見透かすようにじっと見つめてきた。サラはドキドキしながらも、彼の緑色の瞳から目が離せなくなっていた。

「君は行くところがないんじゃなかったか？　そして、金が必要だと……」

そういえば、そういうふうに頼み込んで、絵のモデルになったのだった。家も金もない、そんな貧しい未亡人が彼の愛人になることを断るだろうか。

「わ、私……友人の家に行きます。置いてもらえるかどうかは判らないけど……。お金は……やっぱりこういうことでお金を得るのはよくなかったんだわ……」

「こういうことって、なんだ？　裸になることか」

アレクの言い方はさっきと違っていて、温かみが感じられなかった。冷たくされれば、傷ついてしまう。しかし、熱い眼差しで見つめられるのも、困ることになるのだ。サラはどうしていいか判らず、途方に暮れていた。

「そう……。やっぱり無理だったのよ、最初から。こんなことはするべきじゃなかった」

彼女が後悔しているのは、未亡人だと偽ってここに乗り込んできたことだった。自分の力を過信していた。自分なら、宝石箱を取り返して、アンナを幸せにしてあげられると思い込んでいたのだ。しかし、嘘に嘘を重ねたことで、窮地に陥った。せめて、裸婦を描きたいとアレクに言われたとき、計画を諦めるべきだったのだ。

アレクに心を惹《ひ》かれて、挙句の果てに処女を捧げてしまうなんて……。

「君は後悔しているんだな？　昨夜のことを」

サラは大きく目を見開いた。

自分は昨夜のことを後悔しているのだろうか。判らない。彼に抱かれて、素晴らしい経験をしたとは思っている。ただし、それは一度限りのものだ。彼女にはそれを続けることはできない。だから、去るしかないのだ。

自分の気持ちを話して納得させられないもどかしさがあった。彼に判らせようとしたら、最初から話さなくてはならない。自分が何者で、なんの目的でここに来たのかということまで、話さなくてはならないのだ。

そんなことはできない。彼が昨夜抱いた相手が、クイントン男爵の娘だと知ったら……。嫌悪でその端整な顔をゆがめるのだろうか。彼女はそれを見たくなかった。それに、嘘をついたと、責められたくはない。それならいっそ、身を切られるような思いで、ミセス・コルトンとして別れを告げたほうがいい。

「そうか。判った。君はどうやら私が思っていたような人間では、最初からなかったのかもしれない。夜中に何度も部屋からさ迷い出るような女だからな」

図星を突かれて、サラは動揺した。その動揺ぶりが顔に表れていたのだろう。突然、アレクは冷淡な顔つきになり、自分の感情を胸の内に閉じ込めてしまった。

「あ、あの……」

「私は以前、間違いを犯したことがある。人を信じたばかりに馬鹿を見た。だが、今度ばかりは、そうはいかない」

アレクは何か不審な点に気づいたのだろうか。サラは自分の正体について言及するのかと思うと、恐ろしかったが、彼の次の言葉を待った。だが、彼はまるで汚らわしいものでも触っていたかのように、彼女の腕から手を離しただけだった。

きっと、彼はサラの正体にまでは気がついていないのだろう。彼女が夜中に部屋から出てきたのは、彼を誘惑するためだったとでも思い込んでいるのかもしれない。それなのに、愛人になることを拒絶されたから、気を悪くしただけなのだ。けれども、そんな仕打ちを受けたことに、サラは突き刺すような痛みを胸に感じた。

「安心するがいい。もう君を煩《わずら》わせたりしない。だが、モデルは続けるんだな。私の前で裸になって、金を稼ぐんだ。君が路頭に迷うと知っていて、出ていかせることはない」

つまり、最初の約束どおり、サラは単なる絵のモデルになるということだ。彼はもう誘惑もしないと言っている。

しかし、サラはそれでも安心できなかった。もう彼を好きになってしまったからだ。心も身体も奪われた。今更、モデルなんて到底続けられない。一刻も早く出ていかなくてはいけないのに。

アレクは彼女に背を向けた。

「午後一時。アトリエに来るんだ。絶対に君を出ていかせないからな」

それはまるで捨てゼリフのようだった。

アトリエに行くと、彼はすでにそこにいた。椅子に座り、スケッチブックをめくっている。彼女が部屋に入ると、彼は眉を上げて、顎で衝立《ついたて》を示した。

「約束どおり、今日は全部脱ぐんだ」

最初からそういう約束だった。昨夜、雷さえ鳴らなかったら、今朝、行方をくらませていたのに。いや、結果はどうあれ、今朝そっと出ていくべきだったのだ。

サラは仕方なく衝立の後ろですべてを脱いだ。まるっきり無防備だった。それなのに、今の彼から冷たい眼差しを向けられるのは、耐え難かった。

「さあ、早くしろ。時間がもったいない」

厳しい声を聞いて、サラはおずおずと衝立から出た。昨夜はもっと大胆な姿を見られている。けれども、今は昼間の光に晒されている。細部がはっきりと彼の目に見えていることだろう。

「ポーズは昨日のとおりだ」

素っ気なく指示されて、サラはソファに寝そべった。身体が震えている。暖炉《だんろ》に火は入っているから、寒さのせいではなく、怖いからだった。彼の瞳が冷たくて、彼女の裸を軽蔑するように見ているからだ。

ああ、せめて手で隠してしまいたい。

そう思ってみても、絵のモデルである以上、そんなことは許されない。彼が描きたいのは奔放な女神だという。そのとおりにソファにしどけなく横たわり、無防備な姿を彼に向けた。

「笑うんだ」

彼女は無理やり笑顔を作った。屈辱《くつじょく》的だった。少なくとも、昨日までのアトリエの雰囲気であれば耐えられたかもしれない。彼はここまで冷たくなかったからだ。

アレクはにこりともせずに、イーゼルに立てかけたキャンバスに向かって、絵を描き始める。もちろん話しかけたりしない。顎に力を入れて、唇を引き結び、何かに取り憑かれたかのように、一心不乱にキャンバスに向かっている。疲れたか、の一言もない。同じポーズを取っていると、身体が痛くなってくるのだが、彼はその気遣いさえ見せなかった。

日が落ちる頃になって、彼ははっと気がついて、手を止めた。

「今日はもういい。続きは明日だ」

彼はまた素っ気なく言った。せめて、何かねぎらいの言葉が欲しいと思ったが、愛人になることを断って、彼の機嫌を損ねたからには、もうそんな言葉をかけてもらえることはないのかもしれない。

結局のところ、彼はその程度の男だったのよ。何よりプライドが大事なんだわ。

そう考えてみても、サラは彼をあまり悪く思えなかった。やはり悪いのは、自分だという気がする。彼を騙して、ここに乗り込んだ自分が悪いのだ。

今夜、最後の探索をしよう。宝石箱が見つかっても、見つからなくても、夜が明けるまでにここを出ていこう。そして、出ていったが最後、ここであったことをすべて忘れるのだ。

ミセス・コルトンだったこと。アレクを好きになったこと。彼に抱かれたこと。こうして裸を見せたこと。

サラは手早くドレスを身に着け、衝立から出た。アレクは自分の絵を見ていて、彼女のほうに目も向けなかった。

こんな別れ方をするのは嫌だったが、もうどうしようもない。サラは涙が出そうになるのを抑えて、彼に声をかけた。

「では、私はこれで」

「ああ、夕食は部屋で摂る。君は好きなようにすればいい」

サラは絶句した。ここへ来てから、まるで客人のように、今までずっとアレクと一緒に夕食を摂っていた。彼はサラを狩ることだけが楽しくて誘惑していたのだと、今になってはっきり判った。

今となれば、サラは不要の存在だった。きっと、黙っていなくなっても、彼は気にしないに違いない。もちろん、絵は未完成ということになるが。

「はい……」

サラは泣きそうになるのを堪えて、小さな声で返事をして、アトリエを出ていった。そして、後ろも見ずに、自分の部屋へと向かった。


サラはその夜、荷造りも終え、いつでも出ていけるようにした。

夜中になり、ナイトドレスとガウン姿のサラはそっと部屋を出た。耳を澄ませたが、物音は聞こえない。今夜だけはアレクと鉢合《はちあ》わせしたくない。彼がもう誘惑してこないのは明らかだったが、それでも夜中に書斎を荒らす女は怪しいと思われるに違いない。

サラは細心の注意を払って、一階に下りた。音を立てないように書斎に入り、それからそこにあったランプの明かりをつけ、火を調節して弱くする。真っ暗では何も見えないが、煌々とした明かりではいけない。

これが最後です、神様。どうか誰にも見つかりませんように。

彼女は祈るような気持ちで立派な机の引き出しに手をかけた。中はきちんと整頓《せいとん》されている。彼は自分で片付けたのだろうか。それとも、こういうことも誰かにやらせているのか。

そんなことを考えながら、宝石箱がないか探ってみる。

「探し物は見つかったか?」

突然、かけられた言葉に、彼女は凍りついた。

分厚いカーテンの陰から出てきたのは、アレクだった。彼の眼差しは今まで見たこともないくらい鋭いもので、サラをこの場で射貫いてしまうようなものだった。彼女は真っ青になり、ただ彼を見つめていた。心臓が物凄い勢いで動いている。この状況をなんと説明すればいいのか、彼女には判らなかった。

「君は泥棒の一味だったのか? 君の救援にこれから仲間が現れるのか?」

「な、仲間……? 私、泥棒の一味じゃないわ……」

サラは彼からロンドンで貴族の屋敷を狙う泥棒がいると聞いたことを思い出した。彼はサラがその一味だと思い込んでいるのだろうか。

ふと、昼間、彼が言ったことが頭に甦る。

『君はどうやら私が思っていたような人間では、最初からなかったのかもしれない。夜中に何度も部屋からさ迷い出るような女だからな』

彼はサラと泥棒の噂とを結びつけていたのだ。

そんな! 愛人になることを断ったばかりに、そんな濡れ衣《ぎぬ》を着せられるなんて……!

あまりと言えば、あまりのことだった。

「それなら、君が一人で盗もうとしているのか？　だいたい、君は何者なんだ？　私はどうやら君が涙ながらに語った身の上話を信用しすぎていたみたいだな」

彼女は泣きたくなった。やはり、嘘をついたのはよくなかった。けれども、神様がこんな残酷《ざんこく》な罰を用意しているとは思わなかったのだ。これほど好きになった人に、泥棒と思われるなんて耐えられない。

ああ、でも、確かに私は勝手に持ち出そうとしていたわ。アンナの宝石箱を。

しかし、それを説明するには、自分の本名から名乗らなくてはならない。それで、疑いが晴れるどころか、もっと厄介《やっかい》なことになってしまうだろう。サラはそれが恐ろしかった。フローラ・コルトンの名が傷ついても構わないが、サラ・ケンドールの名を傷つけるわけにはいかない。

「お願いです。……今すぐ出ていきますから、見逃してください！」

サラはそう頼むしかなかった。泥棒と思われるのはつらいが、本当のことを話して、更に軽蔑されるのは嫌だった。

「それでは、認めるんだな？　何かを盗もうとしていたと」

サラは唇を噛んだ。しかし、他に方法はない。

「はい……。でも、まだ何も盗っていません」

「それがどうして信用できる？　君は十日ほど、ここに滞在していた。しかも、毎晩、夜中に屋敷の中をうろついていたんじゃないか？　それなら、もう何か盗んでいるかもしれない」

「そんなこと……！　私の荷物を調べてもらっても構いません」

「仲間が来て、すでに渡しているかもしれない。君の荷物の中に怪しいものがないからといって、君が潔白《けっぱく》とは限らない」

アレクは厳しい態度を取り続けていた。絶対に彼女を泥棒だと思いたがっているようだった。昼間、あんなに冷たかったのも、彼女が何か疑われるようなことを口にしてしまったのかもしれない。

いや、夜中に二度も鉢合わせしたからだ。すでに疑われる素地があったのに、それを指摘されて、自分は動揺してしまった。それで彼は確信して、ここで見張っていたのだ。彼女が何か盗みに来るのを。

「お願い……お願い。アレク……！」

「私の名を馴れ馴れしく呼ぶな」

サラは胸が切り裂かれるような痛みを感じた。彼はゆっくりと近づいてくる。彼女は怖くて逃げたかったが、逃げればきっともっとひどい目に遭うと、本能的に感じ取っていた。いまや彼は危険な猛獣《もうじゅう》のようだった。

「何を盗もうとしていた？　机の引き出しなんか漁《あさ》っても、銅貨一枚入っていない。それとも、何か重要書類でも盗もうとしていたのか？」

「そうじゃないわ……」

ああ、どうしよう。彼が怖い。

サラは自分の震えを止めようと、両手を自分の身体に回した。しかし、それくらいで、この恐怖は消えていかない。

「私は君をしかるべきところへ突き出すこともできる。いや、そうするべきかな、君のためには。監獄《かんごく》に入れられれば、今までの人生を反省できるだろう」

「監獄ですって……？」

私が……？

彼はそれほど残酷なの？　ベッドで抱き合ったのは、昨夜のことなのに。その相手を監獄に入れても平気なのだろうか。

だが、彼に嘘がばれたら、こんなことになるのは判っていた。彼はとてもプライドが高い男なのだ。サラに騙されていたと判ったら、馬鹿にされたと怒り狂うことは予想できたことだった。

「お願いよ……。そんなことしないで」

「それなら、すべて白状するんだな。君は何者だ？　未亡人なんて嘘なんだろう？　処女の未亡人なんて、普通いるはずがないのに、まんまと騙されてしまった。愚かにも、私は君がどんな男にもまだ肌を許してなかったことに、感謝したくらいだ」

　彼は苦々しげに昨夜のことを語った。サラにとって、昨夜は素晴らしい体験だったが、彼も同じように感じていたのだろうか。

「私……私……信じてほしいの。その……金目のものを盗もうとしていたわけではなくて、ただ、あなたの屋敷にあるものがひとつだけ欲しくて探していただけなの……」

「それはなんだ?」

　彼女は答えられなかった。宝石箱と言ってしまえば、彼はサラ・ケンドールの名と結びつけるかもしれない。彼があの手紙を読んでいればの話だが。

「……言わないつもりか?」

　彼の目が光ったような気がした。怖くてたまらない。ここから早く逃げだしたいのに、彼をもう一度、騙してしまわなければ、無事に放免してもらえそうになかった。

　しかし、どうやって騙せばいいだろう。今の彼女はそんな余裕もなくて、ただ震えながら、そこに立っていることしかできなかった。

「判った。君がその気なら……」

　アレクは彼女の腕を摑むと、引きずるようにしてどこかに連れていこうとする。

「やめて!　お願い!」

悲鳴のような声を出すと、彼は立ち止まって口を塞いだ。

「君は召使いをみんな起こすつもりか？　こんな惨《みじ》めな姿をみんなの前に晒《さら》したいのなら、別に構わないが」

サラは恐ろしさにぶるぶると震えた。アレクは警戒《けいかい》しながら口から手を離し、それからまた彼女を引っ張っていく。着いたのは、アトリエだった。

アレクにアトリエの中に引き入れられ、サラはどうしていいか判らなかった。彼はここで何をするつもりなのだろう。まさかこの期に及んで、絵を描くわけでもないだろうが。

ランプの火が灯され、部屋が明るくなる。暖炉にまだ火種が残っていたのか、アレクが火かき棒でかき回すと、石炭が燃え始めた。

彼はサラに近づいてきた。もちろん逃げようとしても無駄だ。彼は彼女のガウンのサッシュを解き、それで彼女の両手首をひとまとめにして縛った。罪人として扱うということなのか。サラは縛られた両手を呆然として見ていた。こんな屈辱《くつじょく》を味わうのは、生まれて初めてだった。

彼は大きな作業台に置いてあったものを床に払い落とし、彼女の身体を持ち上げると、そこに下ろした。冷たく硬い作業台の上で、彼女は震えていた。彼が何をしようとしているのか、見当もつかない。

アレクは部屋の隅にあった梱包《こんぽう》用の紐《ひも》を持ってきて、彼女の足首に紐をかけ、作業台の脚に結びつけた。そして、もう片方の足首も同じように作業台に固定される。作業台は大きいので、彼女の脚は大きく広げさせられていた。

逃げないようにするために、こんなことを……？

それにしても、他にやり方があるはずだ。ナイトドレスの裾は長いが、こんなふうに大きく脚を広げさせられると、恥ずかしくて仕方がなかった。

しかし、アレクがしたことはそれだけではなかった。作業台の上に彼女を押し倒すと、手首をまとめていたサッシュを解いた。そして、今度は手首に紐をかけ、同じように作業台の脚に結びつけていく。そのときになって、彼女はやっと自分がどんな格好にさせられようとしているのか、気がついた。

「いやっ……嫌よ！　こんな格好……！」

もう片方の手首も摑まれ、紐をかけられる。抵抗しても、すでに遅かった。彼女は台の上で両手両脚を大きく広げて、磔《はりつけ》にされていた。

いくらなんでも、ひどすぎる……！

しかし、彼が考えていたことは、もっとひどかった。ナイトドレスの胸元を両手で摑むと、それを力任せに左右に引きちぎった。ボタンが弾け飛び、布地が破れる。サラは息を呑んだ。アレクはそれを裾まで引き裂いていく。

サラはたちまちほぼ全裸となった。ナイトドレスの残骸とガウンを羽織っているだけだ。

大事なところはすべて晒されていた。

サラは泣きだす寸前だった。昨夜、あんなに優しくしてもらったのに、今夜はこんな仕打ちをされるなんて……。

自分が悪いとはいえ、悲しくてならなかった。彼はこんなことを平気でやれる人間だったのだ。

アレクは筆や絵の具を置いてあるテーブルの上から、筆を一本、手に取った。それはまだ下ろしていない新しいもののようだった。それの感触を手で確かめて、アレクは恐怖におののく彼女に近づいてくる。

「何……？　何するつもりなの？」

「これから、君が好きなことをしてあげよう。気持ちよすぎて、少しおかしくなるかもしれないが……やめてほしければ、本当のことを白状するんだな」

彼女の目が大きく開かれた。

これは……拷問《ごうもん》なの？

何をされるのか判らなくて、彼女の身体はぶるぶると震えた。痛いことには弱い。白状したくないが、そんなことをされるくらいなら、さっさと言ってしまったほうがいいだろうか。

アレクは筆の穂先を彼女の首に下ろした。それが肌の上を滑っていく感覚に、戸惑いを覚えた。特に痛みはない。ただ、少し変なだけだ。

彼は無表情で筆を彼女の肌に走らせていく。穂先が胸を撫でたときに、身体をピクッと動かした。嫌な予感が頭を過ぎる。気持ちよすぎて、おかしくなるとは、つまり……。

穂先は乳房からその頂へと移っていく。円を描くように穂先で撫でられて、サラは唇を噛み締めた。

声が出そうだった。それも、思いっきり甘い声が。

こんな状況で、どうやったらそんな声を出せるというのだろう。もし感じて、喘《あえ》ぐようなことがあれば、羞恥《しゅうち》のあまり死んでしまいそうだった。

しかし、その決心もすぐに崩れてしまう。指で撫でられるのと、穂先で撫でられるのは変わりがない。ひょっとしたら、筆のほうが気持ちいいかもしれない。そう思うくらい、彼の筆使いは巧みだった。何度も両方の乳首を交互に嬲《なぶ》られて、彼女はとうとう声が我慢できなくなってくる。

「あっ……あんっ……あっ」

身体だって、くねくねと変な踊りをしているようだった。手足が縛られていて、あまり動けないから、奇妙な動きにしかならない。

彼は笑みを浮かべて、彼女の両脚の間を覗いた。

「もう蜜《みつ》が溢れているじゃないか。君はこういうのが好きなのか？」

まるで性的倒錯者のように言われて、サラは恥ずかしかった。

「違うわ……」

「縛られて、筆で嬲られている。こんな状態で感じるなんてね」

アレクは徹底的に彼女を精神的に痛めつけるつもりでいるらしい。そうされても仕方のないことをしたのかもしれないが、彼女は胸の奥が痛んだ。彼に敵意を向けられるのが、ひたすら悲しかった。

彼は筆をあちこちに移動させていく。臍《へそ》の周囲や脚の付け根、太腿の内側と、敏感なところばかりが選ばれて、柔らかい筆に擦《こす》られていくのだ。その間も、サラは喘ぎながら、身体を揺らしていた。

アレクはそれを冷たい目で見下ろし、口元だけは笑いを張りつけている。軽蔑《けいべつ》されているのだ。彼女は屈辱を感じながらも、自分の身体の反応を止めることができずに、もどかしい思いでいっぱいだった。

いっそ、本当のことを言ってしまおうか。そうすれば、彼はこんな目に遭わせる口実がなくなるだろう。さすがの彼も、クイントン男爵家の娘をこんなふうに弄《もてあそ》んでいいとは思わないだろうから、すぐに解放してくれるはずだ。

ああ、でも……！

自分の名に傷がつくのは嫌だった。彼が面白おかしく、彼女の名前を出して、友人に言いふらすとは思えなかったが、激怒しているから何をするか判らない。

このまま頑張って耐えていたら、諦めてくれないだろうか。こんな拷問まがいのことをする男に、屈したくない気持ちもある。なんとか本当のことを喋らずに、ここを抜け出す方法はないのか。

突然、彼の筆は両脚の間をスッと撫でていった。途端に、ビクンと身体が大きく震える。

「いやっ……そこは……」

「違うだろう？　君が一番好きなのはここだ」

「あっ……」

秘裂から、その上にある小さな突起まで撫で上げられて、サラは自分の脚に力が入るのが判った。

「ほら、もう筆が濡れてしまっている」

わざわざ彼はサラにそれを見せた。確かに筆はそこを少し撫でただけで、濡れそぼっていた。サラは頬を赤く染め、顔を背けた。

「どんなに君が見ないふりをしたって、同じことだ。君は屈服しないわけにはいかなくなるんだ」

アレクはサラの花芯《かしん》を責め立てる。そこが強烈に感じるところだということは、彼も承知の上なのだ。何度も撫でられていると、どんなに感じまいとしても、それは無理だった。

腰が何度かビクンと震え、快感に身体が貫かれそうになると、スッと筆の刺激は去っていく。彼女が中途半端なところに置き去りにされ、途方に暮れる。そうすると、また筆で撫でられる。

その繰り返しで、サラは身体がおかしくなりそうだった。欲求不満で悶々となる。昇りつめたいのに、彼がそれを許してくれない。直前ですべて放り出してしまうのだ。

理由は判っている。これはわざとだ。焦らして、本当のことを告白させようとしている。

なんて卑劣な男なのっ……？

サラは悔しくなっていた。こんな目に遭わされて、笑い者にされているのと同じだ。彼はベッドを共にした相手に、こんな真似ができる男だった。

どうして、こんな男を一度でも好きだと思ったのだろう。

サラは憎しみの眼差しで彼を見つめた。しかし、彼もまた同じような目でサラを見つめている。

悪いのは私だけなの？　彼に悪いところはないって言うの？

彼女の中から反省の気持ちが去っていく。しかし、心はそうでも、身体は別だった。何度も快感をはぐらかされて、どうにかなりそうだったのだ。

「いやよ……いやっ……私を自由にして！」

アレクは彼女の懇願《こんがん》を鼻で笑った。

「自由にしてもらいたいなら、言うべきことがあるだろう？」

筆が花弁のほうを撫でていく。そこからまた蜜が溢れ出したのが判る。こんなに感じているという証拠が出てきて、恥ずかしくないはずがなかった。それでも、何度かそこを往復して撫でられると、なんだかもうどうでもよくなってくる。ただ、思いっきり官能を楽しんでしまいたいという欲求が頭をもたげてきた。

「君は昨日まで処女だったのに、ずいぶん色っぽい。昨日の相手は私だったが、今日は……こいつというのはどうだ？」

アレクが彼女の目の前で筆を振ってみせた。どういう意味か判らず、彼女はぽかんとして、それを見つめていた。

「こいつを君の中に入れてやろうと言っているんだ」

彼女はようやく意味が判って、顔を歪めた。彼の意図が恐ろしい。

「やめて！　お願い！」

「君はこんなに愉《たの》しんでいるじゃないか。相手がなんであろうと、中に入れられれば、君は感じるかもしれない」

アレクはそう言いながら、それを秘裂《ひれつ》に沿って動かした。

「あっ……やっ……やん……」

サラは何度も歯を食い縛って、声を出すまいとしたが、どうしても我慢できない。彼の思うとおりに、感じたくないのに、甘い声さえ抑えることができなかった。

徐々に筆が中に入ってこようとしている。彼が手に力を入れてしまえば、蜜の滑《ぬめ》りを借りて、するりと内部に押し込まれてしまうかもしれない。それを想像して、サラの頭はカッと熱くなった。

昨夜の出来事を思い出したからだ。アレクの指が挿入されたときのことだ。サラはあのとき、あまりの快感に彼の指を締めつけてしまった。筆でも、同じように反応してしまう自分を想像して、怖くなる。

「いやっ……いやよ……っ」

「遠慮することはない。昨夜みたいに感じればいい。ほら……」

彼の手に力が込められる。穂先のほうが内部に少し入ってきた。その柔らかい感触に、サラは目を見開いた。

あっと思った瞬間に、その穂先は焦らすように出ていく。アレクの顔に冷たい笑みが浮かんでいる。彼女の反応を嘲笑《あざわら》っているのだ。

サラは絶望に陥りかけていた。彼はこうして彼女の反応を見ながら、楽しんでいるのだ。焦らし続けて、彼女がすべてを告白したくなるまで。

サラの腰が痙攣《けいれん》するように揺れた。筆がまた花芯を撫でている。こんなことを続けられたら、絶対におかしくなる。こんな快感に耐えられるわけがないのだ。

「こんなものでも、君はこんなに乱れるんだな」

アレクの軽蔑したような声が聞こえる。

違う……。そうじゃないわ。

感じているのは、その筆を操っているのがアレクだからだ。他の誰でもいいわけじゃない。彼が筆を持っているから、昨夜の続きのように感じてしまうのだ。

穂先がまたもう少し奥へと入っていく。そして、また出ていった。

「ああっ……！」

本当に欲しいのは筆なんかじゃない。アレクの指であり、彼自身だった。昨夜のように身体の奥まで入ってきてほしい。こんないやらしい筆なんかいらない。それなのに、自分がこんな筆に感じていることが腹立たしかった。

サラの目に涙が滲《にじ》んだ。

「いや……こんなの……いやよっ」

「嘘をつくな。こんなに悦んでいるじゃないか」

「違う……。あなたがいいの……っ。あなたが欲しいのよ！」

破れかぶれで、大胆な告白をしていた。だが、それが本心だった。身体が限界まで感じさせられ、絶頂を迎えたくて震えているのが判る。けれども、こんなものは欲しくない。

欲しいのは、アレクだった。それ以外はいらない。

「私が欲しいなら、君が何者か言うんだ」

「ああ……許して。許して……謝るから……」

「謝罪などいらない。言わないなら……」

アレクはもっと深く筆を挿入してくる。思わず彼女はそれを締めつけてしまった。身体がぶるぶると震えている。

いや……いやよ。こんなのは、いや。

サラは涙を流しながら、首を横に振った。

「やめて！　全部……全部言うから！」

彼は筆を止めた。だが、まだ穂先を抜いてくれない。それどころか、彼女の内部を刺激うるように、穂先を動かした。彼は容赦《ようしゃ》なかった。

「やぁっ……」

「名前を言え。早く言わないと……」

「サラ……サラ・ケンドールよ！」

その瞬間、サラは後悔した。サラが何者か知れば、彼は自分を突き放すだろう。クイントン男爵家の娘など、彼には相手にしてもらえないに決まっている。たちまち、彼女の中の快感は潮が引くように、小さくなっていく。

彼は眉を寄せて、考えている。サラは唇を噛んだ。

「サラ・ケンドール……？　ケンドールとは……まさか……」

筆の穂先がやっと彼女の中から出ていった。彼はぞっとしたような表情で、サラを見下ろしている。

ああ、こんな彼の顔を見たくなかったのに……。

手紙のことを思い出したのかもしれない。そうでなくても、ケンドールという苗字にはもちろん心当たりがあるのだろう。

「あのつまらない宝石箱のことか？　あれが欲しくて、こんな真似をしたのかっ？」

そんな言い方をされて、サラはムッとする。考える暇もなく、気がつけば彼に言い返していた。

「つまらなくなんかないわ！　大叔母様の思い出の品よ！　あなたがどうしても返してくれなかったんじゃないの！」

アレクは手にしていた筆を床に叩きつけた。そして、彼女の顎をぐいと摑むと、凄い形相で睨みつける。

「君は、この後始末をどうやってつけるつもりだ？」

「どうやって……って……。ただ、あなたが黙ってくれればいいのよ。私は一人で帰るわ。あなたは知らんふりしてればいいじゃないの。できてれば……宝石箱を返してもらいたいけど」

「馬鹿な！　私が上流階級の娘の処女を奪って、そのままにできると思うのか？」

「あなたと私しか知らないことよ……」

サラがケンドール家の娘と知って、アレクが怒るのも無理はないが、どうしてそんなに融通が利かないのだろうと思った。処女でなくなったことはよくないかもしれないが、黙っていれば、誰にもばれないと思うのだ。

「君は……もし子供ができていたらどうするつもりだ？」

「え……」

そんなことは考えたこともなかった。ベッドで抱かれれば、子供ができることもある。その知識はあったが、彼女にはまだそんなことが現実として考えられなかったのだ。

「嘘……。まさか……できないでしょう？」

「どうして、できないと言えるんだ？」

アレクは軽蔑したように言うと、彼女の足首を拘束《こうそく》していた紐《ひも》を解いた。

「判らないけど……でも……」

彼女はその先を続けられなかった。両方の脚が自由になったから、当然、手の拘束も解いてもらえると思ったのに、そうではなくて、彼も台の上に乗ってきたからだ。

彼は彼女の両脚を再び開くと、その中に腰を押し進めてくる。この体勢には覚えがある。昨夜されたからだ。

「やめて……まさか、そんなこと……！」

彼はズボンと下穿きの中から、己《おのれ》の猛《たけ》ったものを露出した。

「今さっき、君が欲しいと叫んでいたものだろう？」

子供ができる可能性があると気づいたのに、抱かれたくなかった。そんなことは恐ろしすぎる。

「私が未婚の娘だと知って……クイントン男爵家の娘と知って……しないでしょう？　ねえ？」

彼女の懇願を無視して、彼は彼女の秘所へとそれを押し当てる。サラは抵抗したかったが、両脚をがっちりと押さえつけられ、おまけに手は拘束されたままだから、身動きもできなかった。

「あ、赤ちゃんができちゃう……」

「今更だな。一度も二度も、大して変わらない」

そんなことはない。二度より一度のほうがいいに決まっている。彼女がそう言おうとしたそのとき、彼が内部へと侵入してきた。

「ああっ……」

やめてほしいと、今の今まで思っていたはずなのに、彼女の身体は易々《やすやす》と受け入れていた。そして、その確かな感覚に全身を震わせた。さっきから、彼女はずっと愛撫《あいぶ》され続け、

さんざん焦らされ続けていた。彼が挿入した瞬間、快感が一気に暴走したようになっていく。

そう。彼女が望んでいたものは、これだった。あんな筆なんかではない。

「やぁ……あっ……ああん……」

自分が何を口走っているのかもよく判らない。ただ、彼に抱かれることは、こんな場合であっても、やはり気持ちがいいということだけだ。もう、他のことはどうでもいい。彼に貫かれて、身体は爆発しそうなくらいに熱が上昇していた。

手が縛られているため、彼を抱き締められない。それだけが不満だった。彼と抱き合いたい。彼に触れたい。キスもしたいのに……。

アレクは自分の快感のみを追求しているようだった。彼女の中を抉るだけで、他のことに気遣いはない。それでも、そんな中、サラは我慢できずに昇りつめていった。身体が強張り、鋭い快感に貫かれる。

身体は気持ちいいが、心はそうではなかった。余韻《よいん》に浸りながらも、空虚な心で彼を見つめた。彼はぐっと腰を押しつけてきたかと思うと、彼女の中に熱を吐き出した。

サラはその感触が何を意味するのか、気がついた。

「嘘……そんな……」

「……何が嘘なんだ？」

アレクは荒い息をつきながら、乱れた前髪をかき上げた。彼はまだ彼女の中にいる。昨夜のように身体を繋げていたが、心はまったく同じではない。

「だって……あなたは紳士だと思っていたのに……」

子供ができる可能性をまたひとつ増やすのは、紳士のすることではない。

「君が淑女でないのと同じように、私も紳士ではないということだ。せっかくの獲物だ。堪能しないのは、もったいないだろう?」

彼はそう言い捨てると、台の上から下りた。そして、彼女の手の拘束を解く。彼女は自分の身体をボロボロにされたような気分だった。実際には、心のほうがもっとボロボロになっていたのだが。

台から下りて、震えながらガウンの前をかき合わせ、サッシュを結ぶ。下に着ているナイトドレスはすでに残骸《ざんがい》でしかない。

「……すぐに着替えて、出ていくわ」

「その必要はない。明日、私が君の屋敷まで送っていってやろう」

「冗談じゃないわ! あなたなんかに送ってもらったら、どうなるか……」

明日、また彼と顔を合わせるなんて、とんでもない話だった。もう顔も見たくない。彼に惹かれる部分はまだ存在していたが、それでも今日の仕打ちはこたえた。あまりにもつらかったからだ。

「君が逃げたら、私は追いかけていくだけだ。そして、君がしたことを洗いざらい、ご両親に話してやる。それでもいいのか？」

それはとんでもない脅かしだった。サラは真っ青になった。震えが止まらない。

「どうして私を脅迫するの？　あなたが送っていけば、両親だって驚くはずよ。だって、私は友達の家にいることになってるんですもの」

「ご両親を騙すのはやめることだな。君は自分の首を絞めているだけだ」

「でも……あなたは両親になんと言うつもり？」

「なんだっていいだろう？」

彼は吐き捨てるように言った。なんだっていいはずがないが、少なくとも、洗いざらい全部話すというわけでもなさそうだった。

「君が逃げ出したりしなければ、宝石箱を返してやろう」

その一言で、サラの運命は決まった。どのみち逃げれば、彼は追ってきて、もっと大変なことになるのは目に見えている。

「判ったわ」

これからどうなるのか、怖くてならない。サラはしばらくクイントンの領地から出してもらえないかもしれない。社交界デビューも来年になるということも考えられる。

しかし、本当にそれだけで済むのだろうか……。

サラはアレクの怒った顔が怖くてならなかった。

翌朝、喪服ではないドレスを身に着けているサラを見て、アレクは眉を上げて、睨《にら》みつけてきた。未亡人だと騙されていたことを思い出して、彼の怒りが再燃したのだろう。

二人は侯爵家の馬車に向かい合わせに乗った。アレクは始終、不機嫌な顔をしていて、サラとはほとんど話もしなかった。クイントンの屋敷に着くまで、しばらく馬車に揺られなければならない。途中の宿屋で昼食を取り、馬も替えなくてはならないだろう。それなのに、ずっと彼はこのまま黙り込んでいるだけなのだろうか。

とはいえ、今までのことで責められるのも嫌だ。彼女は真実を告白し、謝罪もし、その報いも充分受けたと思う。

いくら彼女のことを泥棒の一味だと勘違《かんちが》いしたにしても、前日には一生大事にするなんてベッドの中で囁いた相手を作業台に縛りつけて、ナイトドレスを引き裂き、あんな恥ずかしい真似をするなんて信じられない。しかも、男爵令嬢《だんしやくれいじよう》だと判った後でも、冷たく硬い作業台の上で、手を拘束したまま無理やり抱くなんて……。

彼は紳士の格好をしているが、サラにはそうはもう思えない。野獣のような男だ。理性も何もあったものではない。動けないサラを凌辱し、あろうことか子種を蒔《ま》いた。彼は私生児が生まれても平気なのだろうか。それも、馬鹿なことをした彼女の自業自得ということなのか。

　どうして私はこんな人のことを好きになったのかしら……。

　本当に一体どこを見ていたのだろう。居丈高で傲慢《ごうまん》で嫌な男で、おまけに卑劣《ひれつ》だ。けれども、優しさは本物だと思っていた。彼は彼なりの考えがあって、誘惑する女を避けていたのだと思うし、それにはちゃんと理由があった。だから、これほどひどいことをする男だとは思わなかったのだ。

　それでも、サラはアレクに冷たくされると、胸が痛んだ。何故だか判らないが、彼のことがまだ好きなのだ。好きな相手に嫌われるなんて、こんなに悲しいことはない。自分の愚かさが招いたことだとはいえ、胸が張り裂けそうだった。

　彼はサラの家までただ送るだけではないだろう。両親に文句でも言うつもりかもしれない。何しろ、彼を騙して屋敷に入り込み、盗みを働こうとしていたのだ。もちろん、大叔母のため宝石箱を返してもらうという彼女なりの大義名分があったとはいえ、そんなことを彼が考慮してくれるはずがない。文句を言うだけ言って、彼は帰るだろう。そして、もう二度と彼の顔を見ることはない。

　元々、社交界には滅多に顔を出さない男だ。それに、サラもこんなことがあった後、社交界にデビューできるかどうか判らない。ひょっとしたら、親戚か何かの適当な男の花嫁にされてしまうかもしれない。両親がそこまで不人情とは思わないが、サラの行動に怒れば、さっさと結婚させて厄介《やっかい》払いをしようと考えてもおかしくないだろう。

ああ、どこかの顔も知らない男に嫁がされてしまうのかしら。そんなの嫌よ！

どうせ結婚するなら……。

サラは目の前の座席に乗っているアレクを見つめる。彼はまだ怒っているような表情で、窓の外を眺めていた。ふと、視線を感じたのか、彼女のほうに目を向ける。目が合った途端、彼は嫌そうに顔を背けた。

サラはがっかりした。いや、心底嫌われたのだから仕方がないが、それでもそこまで顔を背けなくてもいいのに。

結局のところ、アレクはサラを愛人にするつもりだったし、まったくあてが外れたどころか、こんな厄介ごとを背負う羽目になってしまった。もう一刻も早く、彼女と別れたいに決まっている。彼女の恋心なんて、知る由もないのだから。

そうね……。アレクとの結婚なんて、もっとあり得ない。

そんなことは最初から判っていた。そもそも、リンフォード侯爵とクイントン男爵の娘が仮に熱烈に愛し合っていたとしても、結婚できない運命なのだ。しかも、これはサラの片想いだ。実現するはずがない。アレクはサラを嫌っている。憎んでいると言い換えても、いいかもしれない。

「サラ……」

彼の声で初めて本当の名前を呼ばれた。サラははっとして顔を上げる。すると、顔を背けていたはずの彼が、こちらを見ていた。途端に、鼓動が速くなってくる。自分でも信じられないほど、単純なものだった。

「君は一体、何歳なんだ？」

「十八よ」

彼は驚いた顔をした。

「まだ子供じゃないか！」

「子供じゃないわ！」

「学校くらいは卒業したんだろうな？」

「卒業したわよ。今度のシーズンには社交界にデビューする予定なんだから！　もう大人も同然よ！」

アレクは唇を歪めて笑った。

「君が白いドレスを着て、ヴィクトリア女王に拝謁《はいえつ》することは一生ないだろうよ」

サラの顔は強張った。社交界にデビューするデビュタント達はみんな白いドレスを着て、宮殿に拝謁にいくことになっている。アレクはそれが一生できないだろうと言っているのだ。まさか、どこかの田舎に彼女を押し込めるように、両親に進言するつもりだろうか。

「嫌よ。今年は無理でも、来年は……」

「社交界に男を漁りにいくつもりか？　君はいろいろ経験しているから、一年も待てないんじゃないか？　きっと身体が疼いて仕方がないだろう」

サラはカッと頬が熱くなるのを感じた。思わず手を振り上げて、彼の頬を叩こうとした。が、その直前で彼に手首を掴まれ、引き寄せられる。

気がつくと、サラは彼の膝の上に乗せられていた。首筋に唇を這わされて、身体全体がぞくっとする。

「アレク……侯爵様」

彼女は昨夜、彼にアレクと馴れ馴れしく呼ぶなと言われたことを思い出して、言い直した。

「君は気づいているかな？　私と二人きりで馬車に乗ると、若い娘は評判を落とすことになると」

サラは彼の腕の中で身体を強張らせた。いろんなことがあった後だったので、うっかりそのことを忘れていた。未婚の女性は付き添いなしに親族以外の男性と同じ馬車に乗ってはいけないのだ。屋根のない馬車ならいいが、このような箱型の馬車は致命的だ。

しかし、もう今更としか言いようがない。サラは彼の屋敷にずっと一人で滞在していたのだ。もちろん、彼の屋敷にいたのは、未亡人フローラなのだが、何かの拍子にそれがサラだと誰かに知られたら、大変なことになる。

「まさか、あなたは……その……」

アレクがサラに復讐を企んでいたらどうなるだろう。彼女の評判を落とすことなど簡単だ。自ら面白おかしく社交界の仲間に話せばいいだけだ。アレクは自分が騙された話を吹《ふい》聴《ちょう》するはずがないと思ったのだが、復讐《ふくしゅう》のためなら判らない。

そんなことになったら、確かに社交界にデビューなどできない。恥を晒《さら》すことになるからだ。一生、アンナのようにクイントンの領地でひっそりと暮らすか、さもなければ、やはりどこかの顔も知らない親戚と結婚させられてしまうかもしれなかった。

それほどまでに、私のしたことはひどいことだったの？

そんな代償を払わなくてはならないほどに？

アレクは自分で狩りを始め、見事、獲物を手に入れただけだ。騙されていたと彼は言うが、なんの損失も被《こうむ》っていない。宝石箱だって、実際には盗られてはいないし、元々あれはアンナのものだ。絵のモデルとしては大して役にも立たなかったが、それでも約束どおり裸体を晒した。けれども、彼はまだ給金だって払っていない。別にもらいたくもなかったが、彼が損をしたことは絶対にないと言い切れた。

それでは、彼の心を傷つけた……とか？

彼が傷つくような心を持っていたのかどうか判らない。サラが傷ついたのは確かだったが。

「あなたはそんなに私が憎いの？」

「ああ、憎いな」

アレクはあっさりそう言うと、サラの胸の膨《ふく》らみを手で包んだ。しかし、コルセットを着けているため、直に触れられているわけではない。

「君は着込みすぎだな。馬車にいる間、退屈だから、君の身体を触るのも悪くないと思ったが」

サラはもがいて彼から逃れて、自分の席に戻った。この男は退屈だという理由で、彼女の身体に遊び半分で触れようとしていた。彼女をまるで自分の好きなようにできる愛人、もしくは娼婦《しょうふ》のように扱おうとした。それがたまらなく嫌だった。彼にとって、サラはその程度の女でしかないということだ。

「もう、あなたには絶対に身体に触れさせないわ！」

彼女の剣幕に、アレクはうっすらと微笑んだ。しかし、優しい笑みではなく、どこか危険なものを感じさせる笑みだった。

「さあ、どうかな。君はいずれ私に屈服することになる」

「……いいえ。絶対、そんなことにならないわ」

サラは腕を組み、断固として言い放った。

第四章　冷たい結婚

まだ日が落ちないうちに、馬車はクイントン男爵《だんしゃく》の屋敷、クイントン・アビーに到着した。古い修道院を改造した屋敷で、由緒《ゆいしょ》正しいものではあるが、新しい時代に建てられたらしいリンフォード侯爵の屋敷、リンフォード・ハウスに比べると、快適さにおいては負けるだろう。

彼はサラを伴って、玄関のノッカーを叩いた。重々しく扉が開いて、そこに現れた執事はサラとその脇に立っているアレクを見て、仰天した。が、すぐに表情を隠して、二人を中へと入れる。

「お嬢様、一体どうなさったのでございます？」

執事はアレクの外套《がいとう》を預かりながら、小声で尋ねた。彼女は友人の家に滞在していたはずで、まだ帰る予定ではなかった。

「それが……いろいろ面倒なことになって……」

横からアレクが口を挟んだ。

「クイントン男爵《だんしゃく》夫妻にお会いしたい。私はこういう者だ」

彼が差し出した名刺に、執事は更に驚く羽目になった。

「リンフォード侯爵《こうしゃく》様……！　はい、只今、お呼びして参ります。お嬢様、応接間のほうがよろしいでしょうか？」

「そうね。……侯爵様、こちらへどうぞ」

サラはボンネットと外套をメイドに渡すと、アレクを応接間に案内した。自分の家に帰ってきたというのに、傍にアレクがいると、どうにも落ち着かない。彼がどんなことを両親に言うつもりなのか判らなかったからだ。それによって、彼女の未来が変わる。落ち着かなくても、当然だった。

「紅茶でよろしいかしら」

「ああ、構わない。今は酒を飲む気分でもないから」

彼はサラの隣に腰かけて、むっつりとしている。彼がこの位置に座るのは変なのだが、こんなに不機嫌な相手に何を言っても無駄な気もした。

やがて、サラの両親が応接間へとやってきた。緊張した面持ちでいることから、何事かが起こったことを理解しているようだった。サラがいつものように何かとんでもない悪戯《いたずら》をしたと考えているに違いない。

サラの両親とアレクは丁重に挨拶を交わした。みんなが腰を下ろしたところで、紅茶とお菓子が運ばれてくる。メイドが去ってから、改めてサラの父、クイントン男爵が咳払いをした。

「さて……。サラ、一体、今度は何をしでかしたんだ？　おまえはミス・エイムズのところへ遊びにいったはずではなかったのか？」

「それが……実はそうじゃなかったの」

母は今にも卒倒しそうな顔で、ハンカチを握り締めていた。

「じゃあ……あなたはこの十日間、どこにいたの？　まさか……」

サラの母にもその答えが判ったのだろう。彼女の視線はアレクに向けられている。

アレクはようやく口を開いた。

「私から説明しましょう。彼女は未亡人だと偽って、私の屋敷に滞在していました。私の絵のモデルになりたいということだったので、雇うことにしたんです」

それを聞いた母は絶望に打ちひしがれた顔で呻《うめ》いた。父も同じ気持ちだったようだが、そこまで表情には表さなかった。

「サラ……おまえはなんてことをしたんだ……！　叔母様の宝石箱のためか？」

彼女がさんざんそれにこだわっていたことを、父はまだ覚えていたようだった。

　アレクは淡々と話を続けた。

「彼女が昨夜、書斎《しょさい》を漁っていたところを見つけて、最初は泥棒だと思いました。しかし、事情が判り、彼女を屋敷に送り届けることにしました。それから、こちらの宝石箱をお返ししなければ、と……」

　彼は包みをテーブルの上に置いた。父はそれを開いて、アンナの宝石箱を確認する。古びてはいたが、彫刻の美しさはまだ健在だった。

「迷惑をかけてしまって、本当に申し訳ない。うちの娘のしたことは、とんでもないことだが、どうぞ内密にしていただけないだろうか」

　父はサラに対する怒りや恥ずかしさで頭がいっぱいになっているようだったが、努めて冷静にアレクに話しかけていた。一方、アレクは表情を変えずに話し続ける。

「お気持ちは判ります。しかし、残念ながら、なかったことにできない事情があります」

　それを聞いた父は、初めて不安な表情を見せた。

「どういうことかな？　その事情とは……？」

　アレクはそのときになって、横にいるサラをちらりと見た。

「今日はお嬢さんに結婚の申し込みをするために来ました」

　サラはぽかんと口を開けたまま、彼の端整な横顔を見つめた。

　今、彼はなんと言ったの？

結婚の申し込みって、聞こえたような気がするけど。

サラは自分の耳で聞いたことが信じられなかった。彼はそんな素振りもしていなかったし、結婚する意志もなかったと思う。それなのに、どうしてサラと結婚するなどと口にしているのだろう。

「結婚……！」

最初に口を開いたのは母だった。その目は明らかに不幸中の幸いだと告げていた。サラがその評判に再生不可能な傷をつけられるより、たとえどんな相手であったとしても、結婚してくれたほうがましだということなのだ。

「リンフォード侯爵から結婚の申し込みとは……。その、突然なので、私も驚いてしまって……」

父はしどろもどろだった。こんな状況でなければ、父はきっとこの結婚の申し込みに難色を示したことだろう。何しろ両家は長い年月の間、対立している。しかし、母と同じように、この窮地を切り抜けるには、結婚が一番だと考えているようだった。

もし、この一件が誰かに知られたら、大スキャンダルになって、シーズン中、ロンドンの噂話になることは間違いないからだ。そうなったが最後、サラの一生は台無しになる。未婚の若い娘が独身男性の家に一人で泊まれば、世間ではその身を穢《けが》されたと見なされるのだ。

サラは拳をギュッと握った。

アレクは仕方がないから結婚しようと言っているのだ。したくないが、仕方ないと。サラの評判を救う紳士になろうとしている。けれども、それをありがたいとは思わなかった。

「私はあなたと結婚なんてしないわ！」

そう宣言すると、三人の視線が集中した。特にアレクの目つきは、凍るように冷たかった。

「馬鹿なことは言うな、サラ。侯爵はありがたくも、おまえのようなどうしようもない娘と結婚してくださると言っているんだ。リンフォード侯爵家とは今までいろいろあったが、両家の溝《みぞ》はここで水に流そう。それが一番だ」

なんてこと！

父はアレクの味方についてしまった。サラの大叔母を想う気持ちなど、評価しないということなのだ。もちろん、父がどうしてそんなことを言うのか、彼女も判っているつもりだが、それでも言葉にされると腹が立ってくる。

「そうよ、サラ。あなた、これを逃したら、もう結婚なんてできないかもしれないわ。それに……あなただけの問題じゃないのよ。あなたの兄弟にも関わってくることなんだから」

侯爵が断られた腹いせに、噂を流すかもしれない。そうなったら、恥辱を受けるのは、サラだけではないということだ。クイントン男爵家全体のスキャンダルとなってしまう。

サラは愕然《がくぜん》とした。そんなところまで考えていなかった。自分の評判のことだけ考えていたが、世間はそういうものではなかったのだ。

アレクは凍るような目つきのまま、サラに笑いかけてきた。

怖いわ……。彼は一体、何を考えているの?

彼は静かに両親に目を向けて、話し始めた。

「結婚はしなければならないのです。私の後継ぎがすでに彼女の中にいるかもしれません」

それはとんでもない一撃だった。父は目を剝き、母は握り締めたハンカチを震わせ、サラは真っ青になった。

「そ……そんなことなら、一刻も早く結婚しなければ……!」

父はうろたえてサラに視線を向けた。怒りを通り越して、今は必死な顔つきとなっている。

「サラ、おまえは結婚するんだ。絶対にだ」

「嫌よ……。こんなふうにはしたくない……」

とうとう追いつめられたことは判ったものの、どうしても自分から踏み切ることができなかった。こんな結婚は不幸になるだけだ。それがどうして彼らには判らないのだろう。

特に、アレクは何を考えているのだろうか。

サラの手をアレクがそっと握った。意外なほど温かい手で、サラはふっと緊張が緩《ゆる》むの

を感じた。

「少し二人だけで話をさせていただけませんか？」

彼の提案に、父が素早く乗った。

「それがいい。書斎でゆっくり話すといい」

アレクはにっこり笑うと、サラの手を握ったまま立ち上がった。


書斎に入るなり、アレクはサラを腕に抱き寄せ、唇を重ねてきた。

いきなりのキスで、サラは戸惑った。彼の屋敷ではなく、自分の家、しかも誰でも入ってこられる書斎でキスされるとは思わなかったのだ。

でも、なんのキスなの……？

今の自分と彼の関係を考えたら、キスされるようなことは何もないと思った。彼は騙《だま》されたことに怒っていて、騙したサラを憎んでいる。それなのに、どうして今更キスなどするのだろう。

サラは抵抗したかった。こんなキスはされたくないと、はね除《の》けたかった。けれども、舌が絡み合うと、そんな気持ちもどこかに消えていってしまう。彼の手がいつしかサラの髪を撫《な》でている。何度も何度も自分の髪の中に手を差し入れて、梳《と》いていくのだ。サラはいつしかうっとりとしていた。

彼がそっと唇を離したとき、サラはぼんやりと彼の瞳を見つめることしかできなかった。蕩けるような気持ちになっていたが、ここでは何もできないことは判っていたし、これ以上、彼と深く関わってはいけないことも判っていた。

「少し冷静になったか？」

アレクは彼女が冷静になるようにと、キスをしたのだ。それを知って、少しがっかりする。二人きりになるのが待ちきれないといったキスに思えていたからだ。だが、そんなわけはない。馬車の中でもずっと二人きりだったのだから。

「私はずっと冷静よ」

「嘘をつくな。何がなんでも結婚しないと言い張っていたじゃないか」

サラはムッとして、彼を睨《にら》みつけた。

「いきなり結婚すると両親の前で言われて、私がそんな話、受けるとでも思ったの？」

アレクは彼女にプロポーズさえしていない。正式な申し込みを期待する立場でないことは承知しているが、それにしても結婚するのが一番正しいことだとかなんとか、前もって言ってくれてもよかったはずだ。

何しろ、ずっと馬車の中では二人きりだったのだ。そんな暇《ひま》もなかったとは言わせない。

「他に方法なんてないだろう？　そんなことも予測できない君の頭はただの飾りなのか？

なかったんだ」

だいたい、君が軽率な行動を取らなければ、私だってしたくもない結婚に踏み切ることは

したくもない結婚……。

そんなにはっきり言われると、傷ついてしまう。やはり彼は自分の手元に転がり込んできた未亡人を遊びのように誘惑して、愛人にして弄《もてあそ》ぶつもりだったのだ。それが良家の令嬢だったから、誘惑した責任を取るという意味で、仕方なく結婚するというのだろう。

「冗談じゃないわ。あなただって、ただ私が未亡人としてあの屋敷に入り込んだというだけで、私と結婚するつもりじゃないはずよ。あなたは自分が誘惑したから、その責任を取って、結婚すると言っているだけだもの。つまり、悪いのはあなたってことよ！」

サラの剣幕に、アレクは一瞬、言葉を失った。が、すぐに気を取り直したように、こちらを責めてくる。

「どのみち、君は付き添いなしに私の屋敷に十日間もいた。それだけで、君の評判はズタズタなんだ。それを私が救ってやろうと言っているのに、どうして拒絶するんだ？」

「あなたが嫌々ながら……仕方ないから結婚すると言ってるからよ！　そんな相手と結婚したって、不幸になるだけだもの」

アレクは彼女の言葉を聞くと、いきなり笑い出した。

「な、何よ……。何がおかしいって言うの？」

「君は貴族のほとんどがそういう結婚をしていることを知らないのか？」

「もちろん……知ってるわよ。でも、私は嫌なの。うちの両親はとても仲がいいわ。愛し合っているのよ。私だって、そんな結婚がしたいわ」

彼はサラの夢を鼻で笑った。

「君のお腹の中に私の子供がいてもか？」

サラはドキッとして、思わず自分のお腹に手をやった。別に膨《ふく》らんでもいないが、そんなことを言われたら、本当にもう子供がいるような気がしてきた。

いいえ、そんなことはないわ……たぶん。

自信は全然ないが、サラはそう思いたかった。子供どころか、結婚のことだって、真剣に考えたくない。まだ十八歳なのだ。社交界デビューもしてないのに、どうしてこんな目に遭わなくてはならないのだろう。

領地の片隅で老嬢として生きることや、どこかの見知らぬ男の花嫁にされることを考えていても、アレクの花嫁になることなんて予想もしていなかった。

いいや、予想ではなく、ほんの少し夢見たこともある。アレクがまだこんなに冷たく傲慢《ごうまん》でなかった頃だ。アレクの腕に裸で抱かれたとき、叶わぬ夢であることを知りながらも、彼の花嫁になりたいと思った。

ああ、でも……。こんなふうに仕方なく結婚するなんて嫌よ！

「もし……子供ができていたら結婚するわ」

「それでは遅い。君は子供の生まれた月がおかしいと人に噂されたいのか？　君はよくても、生まれてくる子供が可哀想だ。まさか子供を悲しい目に遭わせても平気……ではないだろう？」

そんなふうに言われると、結婚しないと言い張っている自分が非人間的に思えてくる。結局のところ、結婚したくないのは、まさに自分の都合だ。愛し合って結婚したいのに、彼が自分を愛してくれないからなのだ。

彼は紳士的な対応をしているとも言える。状況を考えたら、ここまで送ってくれただけでも感謝すべきだ。彼は自分の屋敷から彼女を叩きだすだけでよかったのだから。それをわざわざ結婚まですると言ってくれている。別にサラのためではなく、自分の子供のためだろうが、親切と言えなくはない。

「あなたがそんなに子供を欲しがっているとは思わなかったわ」

「私もそろそろ結婚する年齢だ。後継ぎも必要だ。君の家とは確執《かくしつ》があるが、それ以外は良家の子女である君との結婚は、条件として悪くない。若くて健康そうな君なら、何人も子供が産めるだろう。容姿も綺麗なほうだし、身体の相性はもう判っている。こんな都合のいい相手はもう現れない」

そんな理由で私と結婚するつもりなの？

サラは眩暈《めまい》がしそうだった。信じられない。ロマンティックな理由は何ひとつない。自分が、彼にとって都合がいいだけの相手だとは思わなかった。もう少しましな理由があると思っていた自分が馬鹿だった。

「身体の相性なんて、いつまでも続くものなの？　あなたは私に飽きるかもしれないわ」

アレクは肩をすくめた。

「貴族の結婚は、後継ぎが生まれればお互い好きにしているものだ。君に飽きれば、他に相性のいい相手を探せばいい」

「駄目よ！　そんなの、駄目！」

サラは思わず大声を出していた。次の瞬間、部屋の外に聞こえるかもしれないと気づいて、はっと自分の口を押さえる。

「どうして駄目なんだ？」

彼は真面目な顔をして訊いてくる。本気で彼は判らないのだろうか。サラは彼が自分以外の女性とベッドにいるところなんて、絶対に想像したくなかったし、そんなことは許せなかった。

「結婚の誓いを破るような人を夫にしたりしないわ。私、そういうのは絶対に許さないから！」

サラは今にもアレクが他の女性を探しにいきそうな気がして、睨みつけた。だが、彼は何故だかにやにやと笑っている。一体、何がおかしいのだろうか。

「それなら、もちろん君も結婚の誓《ちか》いを守るわけだな？」

「もちろんよ。私は貞節《ていせつ》を守るわ」

アレクは納得したように頷《うなず》く。

「よし。君と結婚したい理由がまたひとつ増えた。私も浮気をする妻はいらない」

たった今、貴族風の結婚を奨励していたように思うのだが、彼は何故だか方針を変えたようだった。

「あなたも浮気しない……？」

「まあ、君がどうしてもそれを許さないと言うのであればね」

彼は仕方なさそうに頷いた。

「とにかく、紳士は名誉を重んじるものだ。君の評判が地に落ちるのを見て見ぬふりはできないし、自分の血の引く子供を見捨てたり、非嫡出子《ひちゃくしゅつし》にはしない。たとえ、君がクイントン男爵家の令嬢でもね」

彼の話を聞いていると、この結婚を断るのは、自分のただの我がままだという気がしてきた。冷静になれば、彼の言い分は正しい。非の打ち所もないと言って構わないだろう。確かに他に方法はないのだ。自分だけのことではない。家族の立場もある。何よりアンナがこのことを聞いたら、悲しむだろう。

ただ、私がこんな愛のない結婚が嫌だというだけなのだ。彼に愛していると囁かれたら、すぐにでも結婚を承諾していただろう。

けれども、彼が愛していると言わないのは、そんな感情を彼女に持っていないからなのだ。だから、それを口にしないのは、正直だということだ。少なくとも、偽りの言葉で彼女を騙しているわけではないのだから。

結局のところ、一番悪いのは私なのよ。自分で責任を取るしかないわ。

サラは溜息をつき、それから顔を上げた。そして、まっすぐにアレクの顔を見据える。

「判りました。あなたと結婚します」

そう宣言した途端、アレクは彼女を抱き締めた。そして、この書斎に最初に入ったときよりも、更に激しいキスをしてきた。

まるで、結婚を承諾したことで、彼が喜んでいるような……？

いいえ、そんなことはないわ。ただ、彼は私を自分のものだと証明したいだけなのよ。

よく判らないが、判らないなりにそう分析するしかなかった。サラはまだ男女の仲というものを、よく理解できないままだった。こんなことで結婚しても大丈夫なのだろうか。

不安で胸がいっぱいだったが、サラはアレクの背中に手を回し、いつの間にか懸命《けんめい》にキスを返していた。

二人は応接間に戻り、改めて結婚を報告した。

「結婚特別許可証が下り次第、結婚することにしました」

そんなことまで決めていなかったのに、アレクはまたここでも自分勝手にサラの両親に宣言する。通常、結婚するには、その旨を三週続けて公示しなければならない。結婚特別許可証を得るにはお金が必要だったが、許可さえ下りれば、すぐにでも結婚できるのだ。サラのお腹の中に子供がいるかもしれないと聞いたときには、卒倒しそうだった母親も、今は落ち着いてきてニコニコしている。父は父で、機嫌よさそうにしていた。二人の間でも、何か話し合いが行われ、合意に達したらしい。

ともかく、両親がサラの味方でないことは明らかだった。

「式はどこで？　うちに古い礼拝堂があるんだが」

父の質問に、アレクはにっこりと笑った。

「では、そこで行いましょう。あまり大げさではなく、式に呼ぶのも家族やごく近い親族だけで……」

「判った。そのほうがいいだろうね。君には、本当に娘が迷惑をかけてしまって、申し訳ないと思っている。今まで家同士の確執がいろいろあったが、よければこの結婚を境《さかい》に、わだかまりをなくして付き合っていけたらと……」

「私も同じ気持ちです、クイントン卿《きょう》」

二人はすっかり意気投合したように、握手をしていた。それを母がにこにこして、見守っている。

「私は一旦屋敷に帰ってから、結婚特別許可証を取りにいかなくてはなりません。一応、式は一週間後ということで。もし不測の事態が起きた場合にはすぐに連絡します」

「よかったら、今夜はここに泊まって、明日の朝に出発するといい」

「それでは、お言葉に甘えて、そうさせていただきます」

彼が今夜はここに泊まる……。てっきりすぐに帰るものだとばかり思っていたので、サラは急に落ち着かなくなった。もちろん、この屋敷で何も起こらないに決まっているが、夕食のときには顔をまた合わせることになるだろう。

今夜は何を着ようかしら……。

そんなことを考えているときに、テーブルの上の宝石箱が視界に入った。

「私、大叔母様のところに宝石箱を持っていきたいんだけど」

彼女が発言すると、母が驚いて目を見開いた。

「あなたって、自分の結婚式のことより叔母様のことが大切なのね！」

「大叔母様と結婚式を同列に語れないわ。比べるべきものじゃないからよ」

母も悪気はないのだろうが、彼女にとってアンナは領地の片隅にいる老女でしかないのだ。サラほど彼女のところへ足繁《あししげ》く通ってもいないからだ。とはいえ、別に母が特別に薄情なわけではない。ごく普通の関心程度のものを持っているだけだ。

「とにかく、私はこれを持っていきますからね」

サラは宝石箱を手に取ると、立ち上がった。すると、隣でアレクもさっと立ち上がる。

「それなら、私も一緒に行こう。大叔母様にも挨拶をしなければ」

そんな正論を言われると、断りにくい。彼がアンナに会いたいと本気で思っているはずがないのに、どういうつもりなのだろう。とはいえ、反対する理由も考えつかなくて、二人は彼の馬車でアンナのコテージへと向かった。

コテージは小さいものの、手入れが行き届いていて、綺麗な家だった。庭も素晴らしくて、サラは小さい頃からここが大好きだったのだ。

「大叔母様！」

ちょうどコテージの玄関から出てきたばかりのアンナを見て、サラは駆け寄った。アンナの皺だらけの顔に喜びが浮かぶ。サラは彼女をギュッと抱き締めた。

「お元気だった？　大叔母様、あまり外の風に当たっては駄目よ。また病気になってしまうわ」

「何を言っているの。病気だったのはクリスマスの頃の話じゃないの。あなたのおかげで、今はちゃんと元気になっているわ」

サラの頭の中には、病気だった頃のアンナが残っていた。確かにあの頃よりずっと健康そうになっていたが、まだ寒いのだ。薄着でいつまでも外に出ていてはいけない。

「でも、寒いわ。中に入らせて」

「ええ。もちろんよ。……まあ、サラ！　あなたの隣に見目麗《うるわ》しい男性がいるじゃないの」

アレクは二人きりのときの不機嫌さは跡形もなくなり、アンナにはとびっきりの笑顔を見せた。

「私はリンフォードです。アレクサンダー・ウィンダム。あなたのご主人の弟の孫……ということになります」

「まあ！　そうなの！」

アンナは驚きのあまり、まじまじと彼を見つめた。彼の中に夫の面影《おもかげ》が見つかったのか、やがてにっこりと笑う。

「亡くなった主人も緑の目をしていました。それで、どうしてこんな所に……？」

「私はサラの婚約者です」

「まあ、本当に？　今日はよく驚かされる日だわ」

アンナはサラを見て、微笑んだ。

「おめでとう。私と同じリンフォード侯爵夫人になるのね」

そう言われれば、確かにそうだ。しかし、なんとなく変な気持ちがする。大叔母と当時のリンフォード侯爵の過去を、自分に重ね合わせてしまいそうになった。

同じケンドール家とウィンダム家の縁組だが、大叔母のときとはかなり事情が違う。アンナは夫を愛していたし、夫もアンナを愛していたのだと思う。宝石箱は決して豪華なものではなかったが、心がこもった贈り物だった。

二人はコテージの中に招き入れられた。小さな居間のソファに並んで座ると、アンナの小間使いが紅茶を出してくれた。

「今日は婚約の知らせを持ってきてくれたのね」

アンナはにこにこと笑っていた。彼女が嬉しがってくれていることが、サラには心苦しかった。これはまともな結婚とは言いがたかったからだ。この先、どんな不幸が待ち受けているか判らない。それを考えると、不安でならなかった。

「それもありますが……こちらをあなたにお返ししようと思って、持ってきました」

アレクは持ってきた包みをアンナに渡した。アンナはそれを受け取り、包みを開けて、喜びの声を上げた。

「まあ……！　これは……本当に私に返してくださるの？」

彼女は震える手で宝石箱を持ち上げて、目を閉じ、それを胸に押し当てた。その仕草には、彼女がまだ夫を愛していることが窺《うかが》えた。たったひとつ大切な形見が自分の元に戻ってきたのだ。何かいろんな想いが彼女の中に去来していることがサラにも判って、胸がいっぱいになってくる。

夫と死別して、もう半世紀近くも経っているはずだ。それなのに、こんなにまだ夫を愛しているのだと思うと、涙が出てきそうになる。サラは愚かなことをしたかもしれない。それによって、家族やアレクに迷惑をかけたかもしれないが、結果的にひとつだけ正しいことをしたと胸を張れた。

アンナは目を開けて、アレクに笑いかけた。

「本当にありがとう。この宝石箱はね、私の誕生日に夫が贈ってくれたものだったのよ。とても大切にしていたのだけれど……」

「私の曾祖母《そうそぼ》があなたに申し訳ないことをしたと思っています。せっかく嫁いできてくださったのに、屋敷から追い出すなどということをしてはいけなかった」

「いいえ、それはいいのよ。夫の弟が候爵位を継いで、新しい花嫁が迎えられるお屋敷に、いつまでも居座るような真似はできなかったわ。この宝石箱だけ返していただければ、それでいいの」

アンナにとって昔は過ぎ去ったことなのだ。サラはいつか自分も彼女のように、何十年か後になって、今の出来事をそんなふうに振り返ることもあるのだろうかと思った。そのとき、こんな優しい気持ちで思い出を語れたらいいのだが。

「それはそうと、あなた達、どうやって知り合いになったのかしら?」

楽しそうに尋ねられて、サラはどう答えるべきかと焦った。だが、アレクはあらかじめ答えを用意していたのか、落ち着いて話した。

「彼女が宝石箱を返してほしいと、直談判《じかだんぱん》に現れたのですよ」

真実とはずいぶん違うが、彼がそういうふうに言ってくれたのは嬉しかった。もちろん、若い娘が独身男性の屋敷へ直談判に行くのも、恥ずかしいことなのだが。

「まあ、サラったら！　侯爵様、申し訳ありません。この娘は子供の頃からお転婆《てんば》で……でも、心根はとても優しい娘なんですよ。それだけは保証します」

アレクは優しく頷いた。

「判っています。少し変わっていますが、そこが気に入りました」

まるで本心のように、彼は平然と嘘をついた。けれども、これはアンナを安心させるための嘘なのだ。サラは心に痛みを感じつつも、それだけは感謝した。

「結婚式はいつになるんでしょうか？」

「私の都合で、なるべく早いほうがいいので……。結婚特別許可証をもらい、一週間後にと思っています。こちらの領地にある礼拝堂で式を挙げますので、ぜひ出席してください」

アンナは驚いて目を丸くしたものの、納得したように頷いた。

「ええ、もちろん」

彼女はサラに目を向けて、にこやかに微笑んだ。

「あなたがこんなに早く花嫁になるとは思わなかったわ。てっきり、あなたのことだから、みんなを呆れさせるまで独身を通すと思っていたのに」

サラもそのつもりだった。独身でいられる間はたくさんの経験をしようと思っていたのだ。若い娘にはいろんな制限があるが、適齢期を過ぎれば、それほど厳しくなくなる。もちろん、いずれは誰かの花嫁になるのだと覚悟はしていたが、まさかこんなに早く結婚する羽目になるとは思わなかった。

しかし、これも運命だろう。少なくとも、サラはアレクが好きなのだ。嫌いな男の花嫁にならずに済んでよかった。問題は、アレクがサラを嫌っていることだけだった。

「わ、私……」

サラが口ごもっていると、アンナがそれを遮った。

「もちろん判っているわ。よほど侯爵様を愛していなければ、頑固なあなたが結婚を承知するはずないってことは」

サラは頬を赤くしてうつむいた。アンナの言うことは正しいが、それを隣でアレク本人が聞いていると思うと、落ち着かなくなる。しかも、アレクがなんのつもりか、彼女の手を握ってくるのだ。恥ずかしくて、身の置き所がなかった。

「侯爵様、サラを幸せにしてくださいね」

何も知らないアンナは彼にそう頼んだ。

「もちろん、彼女を決して不幸にはしません。幸せにしてみせます」

都合がいいと結婚を決めたはずのアレクは、臆面《おくめん》もなくアンナに宣言した。それでも、真実を告げて、彼女を悲しませるよりはずっといい。サラは自分にそう言い聞かせて、心を慰めるしかなかった。


一週間後、サラは社交界デビュー用の白いドレスを手直ししたものを身に着けて、礼拝堂の祭壇の前に立っていた。

レースのベールだけが、母が新しく用意してくれたものだ。式に出席しているのは、両親と兄弟、それからアンナ。そして、アレクの母と妹だけだった。淋《さび》しいという気持ちはない。事情が事情なので、この結婚はそんなに盛大に祝うものではないからだ。

それでも、司祭の前で誓《ちか》いの言葉を口にしていると、喜びが胸に込み上げてくる。少なくとも、世間的にはサラはアレクの妻となる。形だけでも、彼が自分のものになるのが嬉しかった。この先、何が起ころうとも、彼女はアレクのために精一杯のことはしようと心に決めた。

そして、いつか彼に愛してもらえるようになったら……。

そんなことを期待してはいけないのかもしれない。けれども、これから一緒に過ごすうちに、彼の優しさが戻ってくることを、サラは願っていた。

アレクは彼女の手を取ると、左の薬指に金色の指輪をはめてくれた。三日前に贈られたサファイヤの指輪と重ねてつけられる。サラはうっとりと自分の左手を見た。この指輪をずっとつけていられるようにと願って、彼の顔を見上げる。

アレクはサラのベールを後ろにやると、両肩に手を置いた。それから、そっと顔を傾けて、唇を重ねていく。これはただの儀式だと思いながらも、サラは彼のキスが嬉しかった。アレクへの想いが胸に溢れてくる。この気持ちが唇を伝わって、彼に届けばいいのに。

しかし、彼の唇はすぐに離れた。みんなが見ている前なのだし、熱烈にキスをする場ではなかったが、その素っ気なさが少し悲しかった。肩から彼の手の温もりが消えて、淋しさすら感じた。

それでも、みんなが祝福してくれている。サラは喜びに満ち溢れた花嫁のふりをして、笑顔を振りまいた。

式が終わった後、クイントン・アビーの広間で簡単な宴席が設けられた。兄二人は酔っ払いと化して、騒ぎ始めている。まだ学生の弟も一緒になって騒いでいる。両親は機嫌がよく、大叔母も微笑んでいた。そして、義母であるセリーナと義妹キャロラインはこの家と家族に違和感なく馴染んでいた。

セリーナもキャロラインもどこか面差しがアレクと似ている。特にキャロラインは髪の色も目の色も同じだった。

「サラ、私達、仲良くなれるわよね」

キャロラインはにこにこしながら、同じソファに腰を下ろしたサラに話しかけた。彼女はサラより三つ年上だったが、そんなふうに感じない。まるで昔からの友人のようだった。

「キャロライン……」

「あら、嫌だ。キャロって呼んで。ねえ、サラ、あなたがどうやってお兄様を捕まえたのか聞きたいわ。お兄様ったら、あのとおりロンドンにも出てこないし、女性に対して一度しか真剣になったことがなかったのよ」

そういえば、彼からも若い頃に女性に夢中になったことがあったと聞いた。その恋はあまりよくない結果に終わったようだが、そのことが相当、彼に影響を与えていたのだろうか。彼は女性に誘惑されることを極端に嫌がっていた。

それにしても、サラが未亡人を装ってアレクの絵のモデルになったことを、キャロは知らないのだろう。しかし、彼の屋敷の使用人はみんな知っていることなので、ここで隠しても、いずれは耳に入るに違いない。

「実は……」

サラはそのことを彼女がなんと思うのか怖かったが、裸婦のモデルだったこととアレクに誘惑されたことを除いて、話してしまった。すると、キャロは驚きながらも、何故だか興奮したような瞳をサラに向けた。

「まあ、凄いわ！　あなたみたいな人、見たことない。行動力があるのね！」

「でも、馬鹿なことをしたと思うわ。あなたのお兄様を罠にかけたみたいで……」

「そんなことないわよ。だって、お兄様は罠にかけられたって、したくもない結婚をする人じゃないもの」

本当にそうだろうか。サラのお腹に自分の子供がいるかもしれないと思わなければ、結婚なんてしなかったはずだ。

そう。彼だって、はっきり言った。したくもない結婚だと。

「私、アレクに嫌われているのよ」

つい弱気になって洩《も》らした言葉に、キャロは微笑んだ。

「そして、あなたはお兄様を愛しているのね。それなら、大丈夫よ。今はなんと言っていても、お兄様はいずれあなたを愛するようになるわ」

キャロの自信はどこから来るのだろう。判らないが、彼の実の妹がそう断言するのだから、少しは望みを持ってもいいのかもしれない。

「本当に？」

「ええ。絶対。だから、安心して」

サラはそれを聞いて、少し気持ちが安らいだ。その後も二人で話していると、サラの母とずっと話し込んでいた義母のセリーナがやってきた。彼女は歩き方や仕草がとても上品で、年齢なりの美しさを持っている。社交界で人気者だと聞くが、それは間違いないだろうと思えた。

「サラ、ロンドンにはいつ行くことになっているの？」

「お義母様、アレクとはまだその話をしていなくて……」

そもそも、シーズンが始まったからといって、アレクがロンドンに行くつもりかどうか、サラは知らなかった。

「まあ、アレクも困った子ねえ。こんな可愛い花嫁をもらったんだから、シーズンにはロンドンでお披露目をしなくては。それに、あなたはまだ社交界にデビューもしていないんでしょう？」

「はい。今年デビューする予定でした」

セリーナはにっこりと笑った。

「デビューする前でよかったわ。あなたなら、すぐにプロポーズをいくつも受けたでしょうから」

それはあり得ない。サラは自分の変人ぶりを知っているから、それについていける紳士がそんなにいるとは思えなかった。持参金目当てなら判らないが、サラ本人を好きになってくれる紳士は、そんなにいないだろう。

「あの……私達の馴れ初めをお聞きになりました？」

サラは恥を忍んでセリーナに尋ねた。

「ええ。……最初は驚いたけど、それくらいの人じゃないと、アレクは結婚に踏み切ることはなかったでしょうから、もういいのよ。あなたはアレクにお似合いの人だと思うわ」

それほどまでに、アレクは結婚しないと周囲に思われていたのだろうか。確かに、社交シーズンにロンドンに行かないなんて、彼の地位からすれば、かなり変わっているが。

キャロがサラの腕にそっと触れた。

「ね、私の言ったとおりでしょう？　お母様、サラはお兄様を罠《わな》にかけたみたいだって、悩んでいるのよ」

「相手があなたなら、罠でも構いませんよ。このまま結婚もせず、後継ぎも生まれなければ、逆に困ったことになったと思うわ」

サラは義母と義妹が自分を温かく受け入れてくれたのが嬉しかった。彼女達はクイントン男爵家との確執をあまり気にしていないようだった。確かにサラ自身も長い間の対立の歴史だといわれても、ピンと来なかった。その点は男性のほうが気にするのかもしれない。

とはいえ、今のところ、サラの父や兄弟は、アレクに対して変な言動はしていないようだ。結婚式は済み、親戚同士となったのだから、もう対立するのはやめたと思っていいだろう。

　問題は、サラとアレクの結婚が上手くいくかどうかだ。未来が見えない分だけ、不安は募るが、希望はまだある。セリーナとキャロの温かさはサラを元気づけてくれた。

「ああ、アレク。ちょうどいいところへ来たわ」

　セリーナはこちらに近づいてきたアレクに声をかけた。

「なんですか、母上」

　アレクはサラに視線を走らせたが、それは一瞬のことだった。セリーナに向き直り、まるでサラを無視するかのような態度を取る。

「ロンドンにはいつ行くつもりなの？　もちろんシーズン中にサラをお披露目するつもりでしょう？」

　アレクの口元は気分を害したように引き結ばれる。

「……今のところ、当分その予定はありません」

「あら、でも、あなた方が結婚することは新聞の社交欄にも載せられているし、皆さん、あなたが花嫁を連れてくるのを楽しみになさってると思うわよ」

「そんなことは、私の知ったことではありません」

「サラだって、社交界に出たいと思うわ。まだ一度もそういう機会に恵まれていないのだし、侯爵夫人としてそういったことも経験していないと、これから上手く振る舞えないでしょう？」

セリーナの言葉を聞いて、サラは自分が侯爵夫人として、どう振る舞えばいいのか、まったく知らないことに気がついた。大人の社交というものを経験したことがないのだ。

「まあ、いずれは、いろいろと経験させなければならないでしょう。ですが、今のところ、予定はありません。私は今までどおり領地で仕事をしなければ。サラにも私の妻として、そういう生活に慣れてもらわねばなりません」

アレクは冷たい眼差しでサラを見た。サラがロンドンに行きたいと、セリーナにねだったように思われたのだろうか。決してそうではないのに。

「お兄様、新妻を領地に閉じ込めておくつもり？　新婚旅行にも行かないつもりなんでしょう？」

キャラの口出しも、アレクは気に食わないようだった。

「それも、今のところ予定にはない。だいたい、どうして旅行に連れていかなければならないんだ？　私は指輪を贈り、結婚式もした。花嫁を迎えるための常識的なことはしたと思う」

それを聞いて、サラは居たたまれない気分になった。アレクがしたくもない結婚をしてやったのだという態度でいるからだ。セリーナとキャロによって開かれた希望の扉が、早くも閉ざされたようだった。

それでも、この場を収めるために、にっこりと笑うくらいの分別は持っていた。

「お義母様、キャロ、私は新婚旅行に行きたいとも、ロンドンに行きたいとも思っていません。田舎のほうが好きですもの。アレクがそのつもりなら、私も喜んで領地のお屋敷にいます。それに、侯爵夫人として慣れなければならないことは、山ほどありますから」

精一杯の強がりだと思われてもいい。惨めな花嫁になどならない。アレクがどういう気持ちでいようが、サラは彼が好きで、ある程度のことは妻として従う気でいる。それを彼に示すつもりだった。

アレクは肩をすくめた。

「従順なことだな」

「ええ、今のところは」

そう付け加えると、それを聞いたキャロは笑い出した。セリーナは上手く扇で隠したが、笑っているのは明らかだった。アレクは苦虫を噛《か》み潰《つぶ》したような顔をしていたが。

「とにかく、侯爵夫人として恥ずかしくない振る舞いをしてもらいたいものだな」

アレクはサラに釘を刺し、それからサラの父のほうへと歩いていった。

宴席の後、サラはアレクと共に、リンフォード・ハウスに戻る予定だった。

セリーナとキャロはクイントン・アビーで一泊し、そのままロンドンへ行くのだという。

サラは生まれ育ったクイントン・アビーと家族に笑顔で別れを告げ、アレクの馬車に乗り込んだ。

馬車が動き出し、見慣れた風景が遠ざかっていくと、物悲しい気分になった。もちろん、二度と戻ってこられないわけではない。しかし、クイントン男爵の娘としては、もう戻ってこられない。サラは既婚夫人となったのだから。

「結婚したことを後悔しているのか？」

アレクに尋ねられて、サラは大きく目を見開いた。

「そんなことないわ。ただ、少し感傷的になっていただけよ。もう私は今までの私ではいられないんだわって……」

「君は私の妻になった。今までのようなお転婆娘のままでいられたら困る」

「判ってる。これから覚えなくてはいけないことや、身につけなくてはいけないことがたくさんあるのよね。正直、自分が貴族の花嫁になるとは思っていなかったから、なんだか変な気分だわ」

アレクは意外そうに眉を上げて尋ねた。

「君は男爵家の令嬢で、持参金もたっぷりとある。社交界にデビューしていたら、独身の貴族はこぞって君を花嫁候補に選ぶだろう」

「お義母様にもそう言われたわ。確かに黙ってにこにこしていれば、プロポーズをする男性もいたかもしれないけど……」

「君は少し変わっているからな。だが、そこが魅力だと思う男性もいるだろう」

アレクもそこが気に入ったとアンナの前で言ってくれたことがあった。本当にそう思ってくれているかどうかは判らないが。それに、愛人に求めるものと、妻に求めるものは違っていて当然だ。

「さあ……どうかしら。いずれにしても、私はまだ結婚する気はなかったわ」

まだ十八歳で、社交界にデビューもしていない。寄宿学校育ちで、世間というものも知らないのだ。これから社会勉強するつもりが、ちょっとした冒険をしたために、結婚する羽目になってしまった。いや、自分の評判が地に落ちて、みんなから白い目で見られたり、私生児を産んだりするよりはよかったのかもしれない。

サラは気分を変えるために、話題を変えた。

「そういえば、絵はどうするの?」

「……君の絵か?　まさか、侯爵夫人の裸の絵を描くわけにもいかないだろう。君の肖像画がかかる場所にかけておいたら、面白いかもしれないが」

サラはギャラリーにかかっていた肖像画のことを思い出した。あそこに、自分の肖像画も掲げられるのかと思うと、本当に不思議な気持ちだった。アレクがサラと結婚するはずがないと思っていたが、実際にはこうして二人は夫婦となったのだ。

結婚したことについて、いろいろ考えてしまうが、やはりサラはアレクと結婚できてよかったと思う。彼が他の誰かと結婚してしまったら、どれだけ悲しかっただろう。それを考えれば、彼の冷たさなんて、大したことはない。

いつか彼に愛されるようになろう。サラはそれだけを胸に、馬車の中で再び黙り込んだアレクから視線を逸らし、窓の外へと目を向けた。

リンフォード・ハウスに着いたときには、もう夜だった。サラがミセス・コルトンではなく、サラ・ケンドールであったことや、侯爵夫人となったことは、使用人の誰もがすでに知っていることだった。彼らがサラのことをどう思っているのかは不安だったが、幸い彼らは自分の気持ちを外に出すほど未熟な使用人ではなかった。温かく彼女を屋敷の女主人として迎え入れてくれた。

サラは家政婦のミセス・デイトンに新しい部屋へと案内された。そこは、侯爵夫人の部屋だった。居間と寝室に分かれており、寝室は侯爵の寝室と扉一枚で繋がっている。それを知ったとき、サラは唐突に今夜が新婚初夜であることに気がついた。

もちろん、アレクにはすでに二度も抱かれている。処女でもないのだし、夜を怖がる必要はなかったが、彼がどんな態度で接してくるのか怖かった。あのアトリエでの一件を思い出すと、つい暗い気持ちになってしまう。

あんなふうに抱かれるのは嫌だ。抱くなら、ちゃんとした女性として抱いてほしい。欲望を発散するためだけのものにはなりたくなかった。

侯爵夫人の部屋には、広い浴室がついていた。サラが前にいた部屋にも小さな浴室があり、身体を洗えるようになっていたが、これほどゆったりとした浴槽ではなかった。サラが育ったクイントン・アビーは古い建物なので、お湯が出るような配管がされておらず、昔ながらのブリキの風呂にお湯を運んできて入れなければならなかったが、ここでは違う。

サラはとりあえず必要なものだけが入っている鞄《かばん》だけを荷解きをしてもらい、その間、暖炉《だんろ》で暖められた浴室の中でゆっくりとお湯に浸かり、旅の疲れを癒した。そして、小間使いの手を借りて、夕食のための支度をする。古着だった喪服ではなく、美しいドレスを着て装い、一階へと下りていった。

応接間でブランデーを飲んでいたアレクは、彼女の姿を見て、ふらふらとソファから立ち上がった。

「綺麗だ……」

彼は無意識にそう口走っていたらしい。自分の言葉に気まずさを感じたのか、顔をしかめて彼女の手を取り、ソファに座らせた。

「喪服《もふく》より似合うな」

彼がわざとサラに冷たく当たっているのが判り、彼女はなんとも言えない気持ちになった。罰を与えているつもりなのだろうか。それとも、妻にしたからには、綺麗だと褒める言葉さえ惜しいのか。

これからの結婚生活に暗雲が立ち込めているようで、サラは唇を噛んだ。しかし、自分が招いたことなのだ。彼は騙されたことが、結婚した今でも許せないのだろう。

彼には時間が必要なのよ……。きっと。

アレクには一度だけ真剣に愛した女性がいたという。サラは彼がどんな恋愛経験をしたのか、知りたかった。それが今の彼にどういう影響を与えているのか知れば、これからの結婚生活に役立つかもしれない。今度、セリーナやキャロに会うことがあったら、聞いてみたい。アレクに尋ねても、教えてくれそうにはなかったからだ。

夕食の用意ができたとの知らせに、二人は食堂へと移った。ここでいつも二人で食事をしていたものだが、サラが今まで座っていた席に用意がされていなかった。

「レディ・リンフォードの正式な席はあちらだ」

アレクが示した場所は、長いテーブルの端だった。つまり、アレクとはこの長いテーブルの端と端に座ることになる。確かに正式な席はそうなのだが、別にここは形式にこだわらなくてもいいのではないかと思った。

「私はあなたの隣がいいわ」

「君はこれから侯爵夫人としての振る舞いに慣れなければいけないんだ」

アレクは冷淡に言い放った。

「でも、こんなに距離があったら、話もできないじゃないの」

声が届かない距離ではなかったが、食べながら話すのは大変だろうと思った。声を張り上げなくてはいけないからだ。

「それなら、話をしなければいい。貴族の夫婦というのは、そんなものだ」

サラは呆《あき》れて彼を見つめた。彼はこの結婚を駄目にしたいのだろうか。彼女を幸せにすると大叔母に誓った言葉は、大嘘だったと見るべきなのか。

少しくらいは真実の気持ちがあったと、サラは思っていたのだが。

「今日のところは、あの席で我慢するわ。でも、私がいつまでもおとなしくしていると思ったら、大間違いよ」

サラはツンと顎《あご》を反《そ》らして、自分の席に着いた。話もせずに、二人は黙々と食事をしていく。こんな生活を毎日続けるなんて、絶対に嫌だった。少なくとも、サラは耐えられない。アレクも平気でいられるはずがなかった。

夕食が終わったとき、サラはほっとした。これはもう苦行でしかない。彼にとっても、実はそうではないだろうか。

「今夜はもう遅い。君はもう休むといい。私は書斎でしばらく仕事があるから」

つまり、今夜は初夜ではないということなのかしら。

サラは彼の言葉をどう解釈していいのか判らなかった。だが、休むといいと言われたのだから、今夜は一人でゆっくり寝ろということなのだろう。サラはほっとしていいのか、がっかりしていいのか判らなかった。

ベッドでも冷たくされたら嫌だ。しかし、もし二人の時間を取り戻せるとしたら、それはベッドの中だと思っていただけに、彼の拒絶が悲しかった。それでも、落胆した顔を見せたくなくて、微笑んだ。

「判ったわ。お休みなさい」

サラは自分の部屋に戻り、小間使いに手伝ってもらい、寝支度をした。とびっきり美しいナイトドレスとガウンを母が新しく用意してくれていた。それを着て、髪に艶《つや》が出るまでブラシをかけてもらう。アレクの寝室にはなんの音もしない。彼がまだ書斎にいるのは明らかだった。

「もう、いいわ。ありがとう」

サラは小間使いに礼を言うと、彼女が部屋を出ていくのを待って、鏡に向かって溜息をついた。

左の薬指にはまった指輪が光っている。けれども、こんなものはただの飾りだ。本当はなんの意味もない。

サラは悲しくなって、明かりを消してベッドに入った。彼が来てくれることを、いつまでも惨めに待ちたくない。目を閉じると、アレクの冷たい顔が浮かぶ。せめて、夢の中では笑顔が見たい。そう思いながら、サラは眠りに落ちていった。

何か物音がして、サラははっと目を開けた。

サイドテーブルに置いていたランプが灯されて、傍にアレクが立っているのが視界に入った。

来てくれた……！

サラは嬉しくなって、彼に微笑みかけた。

「どうしたの？」

「夫の権利を行使に来た」

彼はそれだけ言うと、着ていたものを脱ぎ、ベッドの上掛けの中へと入ってきた。サラは夢うつつだったが、肌の温もりを感じて、彼に擦り寄った。

「こんなものは……ベッドの中では必要ない」

アレクはナイトドレスのボタンに手をかけ、たちまち剝《は》ぎ取ってしまった。二人は生まれたままの姿でベッドの中にいる。サラにはそのことがとても幸せに思えた。結婚する前

は、立場や名前を偽っていたこともあって、どこか罪悪感があったが、今は何も嘘をついていない。それに、この行為は夫婦として当たり前のことだからだ。

誰にも気兼ねをしなくてもいい。なんの躊躇《ためら》いもいらない。心から望んで、アレクにすべてを晒《さら》し、抱かれてもいいのだ。

「サラ……」

彼の手が彼女の身体をまさぐった。腕を撫で、それから胸に触れる。乳房を柔らかく包み、その頂を指で撫でる。それだけで、サラの身体は溶けていきそうになっていた。

唇を塞がれ、舌を絡められる。サラは彼に優しくしてもらえるのが嬉しかった。これが彼女の知っているアレクだ。彼は決して冷たい人ではない。一時的に頑《かたく》なな態度を取っているが、それがいつまでも続くはずがなかった。

身体のあちこちにもキスをされる。もちろん胸にもたっぷりと愛撫《あいぶ》を施されて、サラは何度も甘い声を出した。いつもより念入りに乳首を口に含まれて、舌で転がされたり、吸われたりして、興奮してしまったのだ。

アレクはサラの両脚を大きく広げさせて、その狭間にも顔を埋めた。そこにも熱心な愛撫を受け、サラは切れ切れの喘《あえ》ぎを洩《も》らし、腰を大きく震わせる。腰から下がまるで溶けてしまったように、力が入らなくなる。

彼の舌が花弁をかき分け、まるで内部に侵入しそうな勢いで、そこを舐《な》めていた。そして、敏感な花芯にも同様の愛撫を施す。

「あっ……あん……ああっ……」

強烈な快感が身体を突き抜けた。一度絶頂を迎えても、彼は愛撫の手を緩めなかった。舌だけでなく、指も使い、彼女の中も外も攻め立てた。

ああ、また……！

サラは再び昇りつめた。彼女の下半身は完全に熱く痺《しび》れてしまっている。力が入らないのに、アレクはまだ彼女を追いつめようとしている。

「ああ……いやっ……あぁ……っ」

もう、二本も彼女の中に指が入れられている。蜜《みつ》は溢れ出ていて、いつでも彼は挿入できるのに、何故だか次の行動に移らない。

何……？　一体、なんのために……？

サラの目は虚ろになっていた。身体はさっきからビクビクと震えっぱなしになっている。頭は真っ白になっていて、彼ができるだけ早く決着つけてくれることを望んでいた。

そう……。

彼が欲しい。

自分の内部の空白を埋めてほしかった。なのに、彼は愛撫ばかりを続けていて、彼女を追いつめながらも焦らしていた。

「アレク……ああっ……もうっ……」

内部をかき回され、同時に花芯を舌で舐められる。サラはもう、自分がどこにいるのか、何をしているのかも判らなくなりそうだった。ただ嵐のように翻弄《ほんろう》されているだけで、自分の意志がどこかに消えてなくなってしまったような気がした。

彼女は今夜何度目かの絶頂を体験した。

「もう……もう……許して！」

どうしても耐えられないと思った頃に、ようやくアレクは指を引き抜いてくれた。サラはすでに快感を通り越していた。身体をガクガクと震わせて、半分放心状態だった。彼女の熱く潤《うる》んだ場所に、彼は容赦《ようしゃ》なく一気に己《おのれ》を突き立てた。

サラは彼の背中に手を回し、必死でしがみつく。それくらいしか、この嵐をやり過ごす方法がなかったからだ。気持ちいいのか、それとも苦しいのか、彼女にはすでに判らなくなっていた。

アレクは彼女の身体を強く抱き締めてきた。彼の動きはあまりにも乱暴だったが、抱き締められれば、彼が情熱的な行動を取っているだけだと解釈できないこともない。サラはその幻想にすがって、彼にしがみつくことしかできなかった。

彼のものがサラの中を行き来する。内奥を何度も突かれて、サラはまた自分が昇りつめようとしているのが判った。一体、これで何度目だろう。彼女の身体は彼に容易《たやす》く操られていた。

だが、もう止められない。彼の思惑どおりに、彼女は全身に力を入れて、強張らせる。それに合わせたかのように、彼もまた彼女の腕の中で昇りつめ、熱を放った。

サラは彼の背中に手を回したまま、力を抜いた。心臓の鼓動が速い。呼吸も乱れていて、ひどく自分が疲労していることに気がついた。

あまりにも激しい行為だった。とはいえ、満足感はある。何度も絶頂を味わったからだ。

アレクは何も言わなかった。キスもしなかった。髪も撫でてくれなかった。もちろん、なんの言葉もかけてくれなかった。

彼はただ身体を離し、ベッドから出ていく。そして、脱ぎ捨てていた下穿きを素早く身に着け、ガウンを羽織った。

「どこに……行くの？」

サラは思わず尋ねた。彼女はまだ全裸で、ベッドの上でしどけなく寝そべっている。そんな彼女を置いて、彼はどこへ行こうとしているのだろう。

アレクは振り向いて、彼女にナイトドレスを放ってよこした。

「もちろん自分のベッドに戻るだけだ」

冷たい言葉だった。予想してしかるべきだったのに、彼女は彼がベッドを訪れたことで、以前のアレクが戻ってきたと思っていたが、決してそうではなかったのだ。

「夫婦は一緒に寝るものではないの？」

「違うな。特に貴族の夫婦は、子供をつくるときだけベッドを共にする。それが正しい姿なんだ」

「正しい姿なんて、関係ないわ。私はそんなの嫌よ」

彼女はベッドに肘をついて、身体を起こした。自分だけ無防備な姿でいることがつらくて、ナイトドレスで自分の身体を隠した。

「あなたは私を罰しているつもりなの？　いつまでこんなことを続けるつもり？」

サラは率直に尋ねた。だが、アレクは視線を逸《そ》らしている。

「君は報いを受けるべきだろう」

「こんな結婚生活、上手くいかないわ」

アレクは視線を戻し、眉を寄せて、汚らわしいものでも見るように彼女を見つめた。

「上手くいかないのは、君のせいだ。私は君が信用できない。そんな女と同じベッドには寝ない。それだけだ」

彼は言いたいことだけ言うと、自分の寝室へ続く扉を開いて、出ていった。扉の向こうで、彼が自分のベッドに入るような音がする。彼女は唇を噛み締め、ナイトドレスを頭からかぶった。ボタンをかけながらも、涙がぽろぽろと零《こぼ》れてくるのが抑えきれなかった。

泣き声が聞こえないように、必死で唇を噛む。たった扉一枚で隔《へだ》てられているだけだが、二人の間は遠く離れているような気がした。

こんな生活で、私をどうやって幸せにするつもりなの？

それとも、最初からそんな約束を守るつもりはなかったのだろうか。彼女はただ子供を産むだけの存在に過ぎないのか。

サラは惨《みじ》めでたまらなかった。


翌朝、サラは小間使いに起こされた。

昨夜はとても眠れないと思ったものだが、気がつくと深く眠っていたようだ。目が覚めてみると、なんとなく気分がいい。あれほど惨めで耐えられないことはないと思ったものだが、サラは自分が案外強いことに驚いていた。

カーテンを開けると、外は明るく暖かそうだった。乗馬でもしたら、さぞかし気が晴れるだろう。彼女は兄が少年だった頃の服を着て、よく乗馬をしていた。だが、ここでそんな格好をすれば、アレクのお気に召さないだろうと思った。寄宿学校で訓練されたので、横鞍で乗れないわけではなかったが、サラは男の服を着て馬をきちんと跨《また》ぐほうが好きだった。なんとなく解放感があるからだ。

朝食室には誰もいなかった。従僕に尋ねると、アレクはすでに食事をして、領地の視察に出かけたのだという。どうやら、自分を避けているらしい。本当に領地がそれほど大事なら、花嫁を連れて、自分が結婚したことを知らせるべきだと思うからだ。

サラは朝食を摂りながら考えた。こんな生活を続けるつもりなら、どうして自分にプロポーズをしたのだろう。やはり、子供ができたかもしれないと考えたからだろうか。それとも、紳士として名誉を守っただけなのか。もしかして、彼が言ったとおり、都合がよかっただけなのかもしれない。

サラは、それ以外にも何かあると思っていた。アレクはサラが何者か知る前に抱き、一生大事にするとまで言った。あれが愛人として可愛がるという意味でも、そのときには彼の中に愛情に似たようなものが存在していたと思う。確かに騙されていたということは、彼の自尊心を大いに傷つけただろうが、それでもそのときの気持ちが少しくらい残っていたから、プロポーズをしたのだと、サラは思っていた。

しかし、彼は本当に単なる子供を産ませるための存在として、サラを花嫁にしただけなのかもしれない。そんな可能性は考えたくなかったが、彼の冷たさは異常だった。そこまで、サラをはねつけなくてはならないのだろうか。確かに彼女は名前と立場を偽り、彼を騙していた。けれども、すべてを打ち明けた今、彼に対してなんの嘘もない。それなのに、一度の過ちさえ許してくれないつもりなのか。

ずっと……一生？　子供が生まれても？

そんなことは信じられない。彼が優しく接してくれたときのことを覚えているだけに、このまま彼が自分に対して距離を置き続けるなんてことは、どうしても信じられなかった。

とはいえ、サラには今のところどうすることもできない。彼の頑なな心が溶けるまで待ち続けなくてはならなかった。それまで、自分が我慢できるかどうか判らない。彼女が苦手なものは忍耐だからだ。必ず結果を求めてきた。そのための努力はするが、長く続く苦しみを我慢したくはない。

このことに、なるべく早く決着をつけたいが、相手がいることだから、そうもいかない。とにかく、アレクに愛情を示し続けよう。彼に気持ちを判ってもらおう。そして、自分が信用に足る人間だということも判ってもらおう。

いつかは……そう、できれば、そんなに遠くない未来に、彼は妻のことをきちんと考えられるようになるに違いない。

サラは朝食を食べ終わると、ミセス・デイトンを応接間に呼んで、侯爵夫人はそもそもどんな生活を送っているのかを聞き出した。基本的には屋敷内の細々としたことに気を配り、使用人に指示を出すことだった。

「じゃあ、私の母とあまり変わらないのね。侯爵夫人というからには、もっと特別な仕事でもあるのかと思っていたわ」

「何も心配ございませんよ。男爵令嬢だった奥様なら、上手く切り盛りなさるはずです。

そういう教育を受けてこられたのでしょう?」

「ええ、もちろん」

自信満々で答えたサラだったが、ミセス・デイトンの人のいい笑顔を見て、付け加えた。

「あの……私がミセス・コルトンではなかったこと、みんな不思議に思っているんでしょうね……?」

わざわざ訊かなくてもいいことなのだが、どうしても気になってしまった。結局、彼女は彼らも騙していたことになるのだから。

「未亡人というには若すぎましたからね。どこかおかしいとは思っていました。どう見ても、若いお嬢様にしか……」

彼らには未亡人というのが嘘じゃないかと、すでに疑われていたのだ。サラは恥ずかしくなって、真っ赤になった。

「ごめんなさい……。ここへは大叔母の宝石箱を探しにきたの。アレクにいくら返してほしいと手紙で頼んでも、返事もくれなくて……」

自分で説明してみて、どれほど子供っぽい真似をしたのかが胸に染みた。本当に愚かなことをしたのだ。たくさんの人を騙して、いい気になっていたなんて、今にしてみれば本当に子供だったと思う。

率直に謝ったことで、ミセス・デイトンは孫を見るような目で彼女を見ると、微笑んだ。

「侯爵様はよほど奥様のことがお気に召していらしたのですね。冷静なら嘘をつかれているると気がつかれたはずです。そもそも、侯爵様は若いお嬢様をご自分に近づけまいとなさっていましたから、お屋敷に置いたりなさるはずがないんです」

「彼は結婚したくなかったってことかしら……?」

「昔、ある女に騙されて、ひどい目に遭われたことがございます。本気で結婚を考えていらしたのに、手ひどい裏切りに遭ってしまわれて……」

サラは身を乗り出した。ミセス・デイトンもそれを知っているのだ。ぜひとも聞いておかなくてはならない。

「そのこと、気になっていたの。アレクは……私が嘘をついていたことをどうしても許してくれなくて……。結婚はしたけど、私と必要以上に関わりたくないみたいなの」

ミセス・デイトンは納得したように頷いた。

「侯爵様はお若い頃、ロンドンである女性に恋をなさったんです。まだ先代が亡くなったばかりの頃でしたよ。可哀想な身の上話を信じて、身元のはっきりしないその女をタウンハウスに住まわせて、結婚なさるおつもりでした。ところが、その女が行方をくらますのと同時に、侯爵家伝来の宝石がごっそり盗まれたのです。後で、その女が有名な泥棒の一味だということが判って以来、女性をなるべく遠ざけるようになってしまわれました」

サラはその話を聞いて、愕然《がくぜん》とした。だから、サラに疑いを持ったときに、すぐに泥棒の一味ではないかと考えたのだ。あのときの怒りは、同じような女に二度も騙されたという自分自身に対する怒りだったに違いない。

「でも、奥様はその女とは違います。お嬢様育ちかもしれませんが、心には温かいものをお持ちだと、私達にはすぐに判ります」

「そう……かしら？」

自分では、そんなふうに思われるようなことをした覚えはない。ごく普通にここで過ごしていただけだ。

「今まで何人ものモデルがここに来ましたが、彼女達はとても高慢《こうまん》で、美しさを侯爵様にひけらかすのに夢中でした。奥様は侯爵様にあれだけ気に入られながら、自然に振る舞っていらした。私達はみんな、奥様が女主人にふさわしい方だと思っていますよ」

身元を偽るという最悪なことをしていたのに、許してくれただけでなく、これだけ歓迎してくれているのが嬉しかった。

「ありがとう。私、ここのお屋敷に早く馴染んで、アレクに恥をかかせないような立派な女主人になるわ」

その言葉に、ミセス・デイトンはにっこり笑った。

「侯爵様もきっとそのうちお心を和らげるはずですよ。こんなに綺麗で生き生きとしている花嫁が傍にいらしているのに、お怒りになってばかりはいられませんから」

サラは彼女の言葉に元気づけられた。アレクが子供の頃からずっと見てきた人の言うことだ。きっと間違いない。

「じゃあ、早速……私が把握しておくべきことって、何かしら」

ミセス・デイトンは手元にあった帳面を開いて、説明を始めた。それを熱心に聞きながら、自分がこの大きな屋敷を切り盛りすることに興奮を感じていた。

第五章　捧げられた花束

結婚して半月が過ぎた。が、アレクの機嫌はまだ直らなかった。

その間に月のものが来て、彼女に子供ができてなかったことが判明した。だから、余計に彼の機嫌が悪いのかもしれない。サラもいっそのこと子供ができていれば、彼がもっと優しくなるかもしれないと期待していたのだが、できていなかったものは仕方ない。

月のものが来てから、丸々一週間、彼は遠くの領地へと泊まりがけで出かけていた。まるで、サラには子供を産む以外、存在理由がないとでも言いたげな仕打ちだった。一週間が過ぎると、また戻ってきて、夜にはサラを抱く。しかし、ベッドは共にしない。

昼間は書斎《しょさい》にいるか、アトリエにこもっている。わざわざサラが用事を作って書斎に行くようになると、彼は自分が仕事をしている間、書斎に入ることを禁じた。アトリエも同様だった。ディナーは一緒に摂るが、テーブルの端と端では、ほとんど会話ができない。

サラは夫である彼と触れ合うときは、ベッドでの時間しかなかった。

さすがのサラもどうしたらいいか判らなくなってくる。手の打ちようがないというよりは、手を打たせる隙を与えてもらえないのだ。侯爵夫人として、屋敷の中の管理をしていても、それだけでは暇《ひま》を持て余してしまう。サラはいろんな不満でいっぱいになっていた。

ある日の午後、アレクはいつものようにアトリエに引っ込んでしまった。サラは気晴らしに厩舎《きゅうしゃ》に向かった。もう何度もここには一人で来ていて、馬番とも仲良くなっていた。もちろん、馬ともだ。

彼女のお気に入りは若い牝馬《ひんば》だった。身体も小さく、性格もおとなしい。サラが乗るのに最適だ。実際、この馬はキャロラインが時々乗るという。サラはこの馬に鞍《くら》をつけるように馬番に指示した。馬番が用意をしている間、サラは部屋に戻って、兄の服を身につける。どうせアレクは彼女が何をしていようが、まったく関心がないのだ。それなら、彼が嫌いそうなことを自粛《じしゆく》していても、意味がない。

男の服を身につけて颯爽《さっそう》と現れたサラを見て、馬番は目を丸くした。だが、彼女が馬に跨ると、それまで心配していた馬番はやっと安心したようだった。彼女がどれだけの乗り手か判ったからだろう。それでも、彼はサラに忠告した。

「奥様、お供が必要ですよ」

「遠くへは行かないわ。この辺りをぐるりと回ってくるだけだから」

暇潰《ひまつぶ》しに侍女と一緒にずいぶん散歩をしたから、この辺りの地理は判っている。特に危険な場所はないように思えた。

それに、お供を連れていくより、一人になりたかった。広いところを駆け抜けて、風を感じたかったのだ。そうでないと、気分転換にはならない。彼女は馬番の提案を断って、一人で乗馬に出かけた。

思ったとおり、どんなことより、乗馬はサラを元気にした。ここへやってきて、彼女はいろんなものを溜め込んでいた。それはすべてアレクへの不満だ。彼はそれをまともにぶつけられないように、のらりくらりと彼女を避けている。それがまた気に食わないのだ。

彼は過去に女性に裏切られ、傷ついた。だが、そのことと自分のことは切り離して考えてほしかった。その女性への罰も、サラが受けているような気がしてならない。サラはサラだ。そのことを彼に判ってほしかった。

しかし、結婚して半月以上も、こんな状態が続いている。彼女はつらくてならなかった。自分のしたことに対する報いだとしても、いつまでこうしているのだろう。こんなものは結婚とは言えない。

気がつくと、すぐ戻るつもりが、ずいぶん遠くまで来てしまっていた。馬番が心配しているかもしれない。サラは慌てて馬を屋敷のほうに走らせた。

厩舎が見えてきて、ほっとしたが、近づいていくと、馬番の隣に男性が立っているのが目に入った。

まあ、こんなときに……！

何故だか、アレクが厩舎にいる。まさかと思うが、この馬に乗りたいと思っていたのに、サラが勝手に乗ったから怒っているのかもしれない。彼の表情はまさに怒っているとしか思えなかったからだ。

でも、大して怒られるようなことでもないわ。どうせ、彼は私に関心なんてないんだもの。

彼女は手綱《たづな》を引き、馬を止めた。ひらりと飛び下りると、アレクを無視して、牝馬の首を優しく撫でる。

「今日はありがとう。楽しかったわ。また一緒に走りましょうね」

馬にお礼を言うと、手綱を馬番に渡した。アレクが近づいてくるのを見て、にっこりと笑う。

「あら、アレク。アトリエにいるとばかり思っていたけど、どうしたの？」

「君が馬に乗って出かけていくのが、窓から見えたんだ。君はどういうつもりなんだ？」

「どういうつもりって？　乗馬を楽しんだだけじゃないの」

「供もつけずにか？　何かあったらどうする気だ？　落馬して、怪我をしたとしても、供がいなければ、そのまま放っておかれるんだぞ！」

サラは腕を組み、居丈高な彼を見据えた。

「私は落馬なんかしないわ」

「そんなこと、判らないじゃないか。だいたい、その格好はなんだ?」

やはり、そのことを指摘された。彼がこの格好を気に食わないだろうということは、判っていたのだ。

「下の兄の服よ。十二、三歳の頃のものかしら。私にちょうどいいのよ」

「そんな下品な服を着てはいけない」

「下品な服ですって? これのどこが下品なの?」

サラは反論したかったが、彼が彼女のすんなりした脚や腰辺りを見ているのに気がついて、さっと丈の長い上着の前を合わせた。

「脚の形がズボンの上から判る。君はそれを誰に見せたいんだ?」

「あなたがいやらしい目で見てるだけじゃないの。これは馬に乗るためのものなの。上品な乗馬服を着て、横鞍で乗るより、ずっと快適で安全なのよ」

「それでも駄目だ。だいたい、馬に乗るのに、どうして私に許可を求めなかった?」

「あなたに許可をもらわないと、乗馬ができないとは知らなかったわ。だって、私が別のことであなたに許可もらいに行ったら、あなたは領地の中でなら、何をしてもいいと言ったわ。それに、いちいちそんなくだらないことで、書斎やアトリエに入ってくるなとも言ったわ！」

思い出すだけで腹が立ってくる。相談したいことがあったのに、煩《わずら》わしいとばかりに追い出されたのだ。あんな仕打ちを受けるくらいなら、なんでも勝手にやってしまったほうがマシだ。

「それとこれとは違う……」

「どう違うのよ？」

「落馬したら命に関わる。君のお腹には私の子供がいるかもしれない。君は子供の命を危険に晒《さら》したんだ」

サラは彼が心配しているのが、自分の命ではなく、子供の命だと知って、心底がっかりした。もちろん子供に何かあってはいけないが、それにしたって、少しくらい妻の心配をしたらどうなのだろう。

「私は今まで落馬したことなんて、一度もないわ。それに、おとなしい牝馬を選んだ。あれはキャロの馬よね？」

「キャロはそんな格好で飛ばしたりしない。上品にその辺を軽くギャロップさせるくらいだ」

「下品で悪かったわね。私だって、こんなに暇じゃなかったら、馬に乗ろうとは思わなかったわ。もちろん、お腹に子供がいるなら、他に楽しみを見つけようとしたかもしれないけど……。アトリエにこもって絵を描いている人の邪魔もできないし、もう、こんなのたくさんよ！」

サラはいい加減、頭に来ていた。今まで自分から離れていたくせに、ちょっと馬に乗ったくらいで、大げさに干渉してくる。そんな勝手なやり方が許せなかったのだ。

「サラ、待つんだ」

彼女がアレクに背を向けて、足早に屋敷に歩いていると、彼が後ろから声をかけてきた。

「まだ言い足りないことがあるの？」

振り返ると、アレクは眉を寄せたまま彼女に近づいてきた。

「君は退屈だから馬に乗ったのか？」

「そうよ。私は元々、家の中でじっとしているのが嫌いだもの」

彼と一緒なら、家の中にいてもよかった。だが、彼が自分を避けているのだから、外に出るしかないではないか。

「それなら……」

彼は何か重大な決断を下すような顔で、彼女に言った。

「ロンドンに行こう」

「えっ……本気なの？　あなたはロンドンが嫌いだったと思っていたけど……」

彼がロンドンを嫌いな理由は、今となっては判っていた。恋した女に騙され、傷つけられた場所だからだ。彼がいつかその傷を克服してくれて、サラをその女とまったく別の人間だと判ってくれれば、二人の未来にも希望があるのだが。

「嫌いだが、仕方がない。母からも早く来るように言われているし、仕事の都合もある。さすがに君を領地に隠したままというわけにもいかない」

いろいろ理由をつけているが、要するに、彼女をロンドンに連れていってもいいと考えていることだけは伝わった。危険な乗馬をやめさせるためだけであっても、サラは嬉しかった。

このままここにいても、まったく進展がない。それなら、ロンドンに行けば、何かが変わるかもしれない。サラは何よりアレクと共にロンドンに行けることに喜びを感じていた。

「ロンドンに連れていってくれるなんて、嬉しいわ！　ありがとう！」

サラは思わずアレクに飛びついてキスをした。すぐに離れるつもりだったが、アレクのほうが彼女を抱き締めてきて、深く口づけてくる。彼女は眩暈《めまい》のような快感を味わい、夢中でキスを返した。

彼ははっとして、彼女を離した。そして、腕を摑むと、彼女を連れて屋敷のほうへと向かう。

「どこに行くの？」

「君の部屋だ。その服を着替えなければ……。まったく、コルセットもつけてないなんて……誰かに抱き締められたら、君の胸がその誰かに当たるだろう？」

「私を抱き締めるのは、あなただけなのに？」

「当たり前だ！　そんなこと、他の誰にも許すものか」

彼がサラの格好を下品だと罵ったのは、つまりそういうことなのだ。単に慎《つつし》みがないという理由ではなく、他の誰かにこの格好を見せたくないという嫉妬《しっと》心のせいだった。

サラはすっかり気分がよくなっていた。嫉妬するなら、まだ望みがある。彼女に関心がある証拠だからだ。

「ねえ、部屋で着替えるだけなの？」

アレクはちらっと彼女を見たが、すぐに視線を逸らした。

「この小悪魔め！」

彼を操るには、こういう手があったのかと、サラは今更ながら気がついた。アレクがなんと言おうと、彼は彼女の身体に欲望を感じるのだ。そのことだけでも、喜ぶべきだと思った。

しかし、できれば、彼女はアレクの心が欲しかった。愛してほしい。優しくしてほしい。気遣ってほしい。

それが彼女の本当の望みだった。

ロンドンに着いたのは、それから三日後の夜のことだった。

前もって従僕がロンドンに出向き、二人が行くことを伝えていたので、その日には屋敷でセリーナとキャロが二人を待ち構えていた。

二人が玄関に入るなり、キャロが応接間から出てきて、サラに飛びついたのだ。

「サラ！　待っていたのよ！　一緒に買い物にいったりして、楽しみましょうね」

サラは侯爵夫人としてふさわしいドレスや装身具を持っていなかった。何しろサラの母は彼女のために社交界デビュー用のドレスを何着も作ってくれていたが、それはすべて若い娘用の白いドレスばかりだったのだ。訪問着や日常着となると、また別だったが、いずれにしても彼女が持っているドレスは既婚夫人にふさわしいデザインではなかった。領地にいる間はそれでもよかったが、やはりロンドンでは恥ずかしい。リンフォード侯爵の花嫁として注目を集める身だからだ。

「もちろん、私も行きますよ。侯爵夫人として恥ずかしくない装いをしなければね。大丈夫よ。全部、私に任せて！」

セリーナも買い物が楽しみで仕方がない様子だ。サラは義理の母と妹に恵まれた幸せを嚙み締めた。アレクとの仲は相変わらずだが、それでもロンドンに出てきたことで、少しは変わることもあるかもしれないと、サラは希望を抱いていた。

少なくとも、兄の服を着て乗馬したときだけは、情熱的に接してくれた。しかし、それも欲望が治まるまでのことだった。抱くだけ抱いてしまうと、彼はサラを放り出した。そして、三日間、彼女に触れなかった。

まるで、そのことを後悔しているかのように。

馬車でロンドンに来るまでも、彼はずっと黙り込んでいた。何が気に食わないのか、サラにはさっぱり判らなかった。ただ判っているのは、こんな結婚は絶対におかしいということだった。

アレクは夕食を四人で摂った後、すぐに用事があると言い出して、出かけてしまった。サラはこのタウンハウスに初めて来たのだから、少しは気を遣ってくれてもいいだろうにと思ったが、外出したがっているのに止めるわけにもいかなかった。

だいたい、サラは相手にすがるような真似をするのが嫌いだった。だからこそ、新婚の二人に溝が開いているのだろう。けれども、サラは、アレクの側に大半の問題があると考えていた。

「アレクは相変わらずみたいね……」

三人で応接間のソファに座り、夕食後のお茶を飲んでいるとき、セリーナは溜息をついた。

「私、ミセス・デイトンから、アレクが若い頃に女性に騙された話を聞いたんです」

「ああ、あれね……。私は反対だったのよ。同性から見れば判るのに、アレクは聞く耳を持たなかったの。今も頑固だけど、若い頃はもっとそうで、反対されればされるほど意固地になってしまって、本当にあんな女と結婚するのかと、私は気が遠くなったものよ」

それほどまでに、彼はその女性を愛していたのだろうか。そう思うと、胸に鈍い痛みを感じた。

私だって、彼に愛されたいのに……。

彼は嫉妬心を持つくらいには、サラのことを気に入っているはずだと思う。しかし、それ以上のこととなると、心の内側を見せてくれない。ただ身体が欲しいだけなのかと、最近思うようになってきたくらいだ。

それでも、結婚してもらっただけでも、ありがたいと思わなければならないのだろう。彼が紳士としての対面や名誉というものにこだわらなければ、彼女は今頃クイントン・アビーに閉じ込められていたはずだ。

「どんな感じの女性だったんですか？」

「誘惑が上手だったらしいわ。それから、薄幸な身の上話とやらが上手くて、要するに女詐欺師《さぎし》ね。外見は綺麗で、淑女《しゅくじょ》を装っていたわ。でも、微笑みながらも、人を馬鹿にしている感じがして、私は大嫌いだった。それに、彼女の出自にははっきりしないことがあって……。私は彼女が嘘をついてると思っていたわ。アレクはすっかり彼女に参っていて、出自なんて関係ないと言うのよ。侯爵夫人となれば、社交界のみんなが根掘り葉掘り知りたがるに決まっているのに。結婚した後でとんでもない女だと判ったら、一体どういうことになるかと気を揉《も》んだわ」

「でも、結婚前に姿をくらましたんですよね」

「侯爵夫人として立派にやっていけないことは、本人が一番判っていたでしょうよ。彼女は泥棒の仲間をこの屋敷に引き入れて、金目の物を奪っていったわ。アレクは自分が騙されたことに傷ついたようだったけど、そんな女が存在すること自体にもショックを受けたのだと思うの。それで、極端に女性を警戒《けいかい》するようになって……」

今度はサラが溜息をつく番だった。

「私はまだ警戒されているんでしょうね……」

「でも、お兄様はサラのことを愛していると思うわ。でなきゃ、あなたを連れて、ロンドンに滞在しようとは思わなかったはずよ」

キャロが力強く言ってくれたので、サラは少し力づけられた。実際には、遠ざけられてばかりなのだが、やはりここはひとつ進歩したのだと思うべきだろう。

「私、本当にリンフォードの領地は好きよ。彼に田舎が好きだと言ったのは嘘ではなかったわ。でも、あそこにいても、彼は変わらないのよね」

自分の殻《から》に閉じこもり、仕事に精を出したり、かと思うと、趣味の絵ばかりを描いている。それ自体は悪いことではないが、昔のことを払拭《ふっしょく》しない限り、彼はサラを素直に見てくれないのではないかと思った。

「いずれにしても、ロンドンでは楽しいことがたくさんあるわ。舞踏会で他の紳士と踊って、お兄様を少しやきもきさせてあげたらいいのよ」

キャロはそう言って、明るく笑った。彼女達と一緒にいると、サラは自分も明るい気持ちになりつつあるのが判った。やはり、ロンドンに来たのは正解だった。

きっと、ここで何かが変わる。アレクの頑なな心もきっと変わってくれるだろう。

サラは切ない希望を持ち続けていた。


タウンハウスでも、侯爵と侯爵夫人の部屋の位置は、リンフォード・ハウスと変わらなかった。扉ひとつで寝室が繋がっている。しかし、ロンドンに着いたその日から、アレクはサラの寝室へは寄りつかなくなってしまった。

日中も夜も、アレクは何かと理由をつけて外に出たがった。セリーナがいくら注意しても、それは変わらない。しかも、夜はいつも酔っ払って帰ってきた。サラは耳を澄ませて彼の部屋の様子を窺っているのだが、そのまますぐにベッドで寝入っているようだった。

こんな状態では、サラの部屋に来たくても来られないだろう。

いや、彼はサラの部屋に来たくないのだ。だから、わざわざ酔っ払って帰宅するのだろう。それに気づいたとき、サラは愕然とした。せめて夜はベッドに来てほしかった。それさえもなくなったら、サラの存在意義はなんなのだろう。彼は子供を産ませるために、サラと結婚したようなものだというのに。

ロンドンに来て、事態がもっと悪くなるとは思わなかった。セリーナもキャロも心配してくれているが、アレクが考えを改めない限り、どうしようもない。その代わり、二人はサラをなるべく楽しませようと、いろんなところへ連れていってくれた。

買い物はもちろん楽しんだ。アレクが構ってくれない分、鬱憤《うっぷん》を晴らすように、たくさんドレスや装身具を買い込んだのだが、彼はなんにも言ってくれない。金を遣いすぎだと注意することもなかった。新しいドレスを見ても、感想すらない。

二人に連れられて、オペラに行き、芝居も見にいった。馬車で出かけたり、ハイドパークへ散歩にも行った。会う人に、リンフォード侯爵夫人として紹介されるのだが、夫の侯爵が傍にいないために、奇異な目で見られることもしばしばだった。

それが続いていくうちに、さすがのサラもすっかり落ち込んでしまった。健康だけが取り柄なのに、食欲もなくなり、なんだか痩《や》せてきたような気がする。

「駄目よ、サラ。あなたは毅然《きぜん》としていなきゃ」

キャロはサラを励ましてくれた。

「私のお友達の家が舞踏会を開くのよ。ほら、この間、ハイドパークで会ったレディ・エリノアよ。彼女がリンフォード侯爵夫妻宛にも招待状を送ってくれたの。そんなにたくさんの人が集まるわけではないから、あなたの社交界デビューにどうかしら」

初めての舞踏会……。もちろん憧れはある。普通のデビューをしそこなったが、結婚しても社交活動は続くのだ。ただし、彼女の場合、夫であるアレクがどう考えているのかが心配だった。

舞踏会だけは、夫のエスコートなしで出席したくない。それだけは譲れなかった。

「アレクはどうしたいのか、訊いてみないと」

「新妻を舞踏会にエスコートもしないようなら、お兄様とは縁を切るわよ」

彼女もアレクの行動には怒りを感じているようだった。実際、彼はあまりにひどいと思う。そもそも、同じ屋敷に住んでいるはずなのに、ほとんど顔を合わせることがなかったからだ。

その夜、サラはアレクの帰りをひたすら待っていた。酔っていても、舞踏会のことを話すつもりだったのだ。しかし、いくら待っても帰ってこなかった。気がついたら、朝になっていて、サラはそっと彼の寝室を覗いてみた。だが、ベッドに寝た気配がない。

今まで、どんなに遅くなっても帰ってこなかったことなんてない。サラは心配して、朝食もろくに喉《のど》を通らなかった。ひょっとしたら、飲みすぎて、どこかで怪我をしているかもしれないと応接間を行ったり来たりしているうちに、玄関の扉が開いて、アレクと執事の声がした。サラはすぐに玄関ホールへと急いだ。

「アレク！　一体、どうしたの？」

彼は昨夜出ていったときの服装のままだったが、ずいぶん乱れている。不機嫌そうな顔をしていて、サラを見ても、まったく無視して階段を上っていった。

「待って、アレク！」

いくらなんでも、言い訳のひとつくらい聞かせてもらってもいいと思う。自分は夜中まで彼の帰りを待っていた。彼は待っていてほしかったわけでもないだろうが、やはり妻として、朝帰りの理由を聞きたい。

彼が自分の部屋に入り、扉を閉めようとしたところで、するりと中に入り込んだ。彼はさすがにサラを無視できなくなって、じろりと睨みつけた。

「何か用か？」

すぐに部屋を出ていけと言いたいようだ。だが、いくら脅かされても出ていくわけにはいかない。

「昨夜は帰ってこなかったのね。一体、何をしていたの？」

「何をしていたっていいだろう？　君はいつもロンドンで楽しそうにしている。私に干渉するな」

「私がロンドンで楽しそうにしてるですって？」

冗談ではない。サラがここでどんな気持ちで毎日過ごしているのか、少しは判っていると思っていたのに、まったくそうではなかったのだ。

「そうだ。君は別に私なんていなくてもいいじゃないか。君がオペラや公園で会う多くの紳士にちやほやされていることくらい、私の耳にも入ってきているんだ」

どこでそんな話を聞いたのか知らないが、その紳士とやらは、セリーナやキャロの知り合いに過ぎない。ちやほやされたところで、それはサラがリンフォード侯爵夫人だからだ。別に自分自身が好かれているわけではないと思う。

「私が……侯爵夫人だと紹介される度に、侯爵様はどこにいるのかと訊かれるのよ！　社交界でどんな噂になっているか、判っているの？」

本当に言いたいことはそうではなかった。彼女はベッドでも彼に見放されたことが悲しかった。けれども、そのことは糾弾できない。彼が自分に興味を失ったのなら、それは責められないことだからだ。

「……すまない。それは……悪かった」

アレクが初めて謝った。初めてではないかもしれないが、彼女への仕打ちについて謝ったのを聞いたのは、初めてだった。だからといって、これだけこじれた二人の仲がそんなに簡単に戻るとも思えない。サラは希望を持つことに、すっかり疲れてしまっていた。

だが、せめて世間的にだけでも、二人は円満なのだということにしておきたい。実質はまったく違っていても。サラはそんなことを考えている自分が情けなかった。

ロンドンに来るべきではなかったかもしれない。領地にいたほうが、まだましだった。

「ハイドパークで会ったレディ・エリノアから、舞踏会の招待状が来たの。私達二人宛に。あなたがエスコートしてくれないと、私は舞踏会には行けないわ」

アレクは緑の目でじっと彼女を見つめた。

「……その舞踏会はいつだ？」

彼女が日にちを言うと、彼は頷いた。

「判った。その日は空けておくから」

彼はエスコートしてくれるつもりなのだ。少なくとも彼女の立場について考えてくれたことだけは確かだ。サラは微笑んで、彼の頬にキスをしようと顔を寄せた。

その瞬間、女性用のきつい香水の匂いが彼から漂ってきていることに気がついた。

嘘……。嘘だわ……。

彼は結婚の誓いを守ると言ったはずなのに。

「サラ、どうしたんだ？」

アレクは後ずさりしたサラの様子がおかしいことに気がついたようだった。

「香水の……匂いがする。あなた、昨夜はどこにいたの？」

アレクの顔色はさっと変わった。疚《やま》しいことがあるとしか思えない。

「君には関係ない！」

その言葉を聞いた途端、サラは絶望に襲われた。もう二人の仲は戻らない。この結婚は失敗だった。

自分の部屋に駆け込んで、扉を閉めた。彼は追いかけてこようともしない。あまりと言えば、あまりのことだった。本当に彼が他の女性と寝たのかどうかは判らない。しかし、彼は釈明しようとすらしなかった。

それなら、二人の間にはもう信頼さえないということになる。そんな関係に、サラはいつまでも耐えられるほど大人ではなかった。

それでも、この結婚を続けなくてはならないの……？

もちろん離婚なんてできない。貴族の結婚に、こんなものは付き物だ。サラは黙って後継ぎを産めばいいと思われるだけだが、彼がベッドに来ない限り、それも望めない。

すべてが絶望的だった。


舞踏会の夜、サラは精一杯、着飾った。アレクがちゃんとエスコートしてくれるかどうか不安だったが、どうやらまだ屋敷の中にいるようだから、きっと社交上の義務くらいは果たしてくれるつもりなのだろう。

この間、関係ないと言われた日から、サラはアレクと話もしていなかった。これでは夫婦とは言えない。サラはこれからのことについて、一人で考え込むことが多くなっていた。

本当にどうすればいいのかしら……。

ともかく、今夜はリンフォード侯爵夫人として、立派に舞踏会デビューをやり遂げよう。今夜だけは、アレクにいい夫になってもらい、サラもいい妻のふりをするつもりだった。

部屋から出て、階段を下りていくと、玄関ホールにはもうアレクとセリーナ、キャロが彼女を待っていた。

「ごめんなさい。遅れてしまって」

サラの目は夜会服を着たアレクに注がれていた。彼が自分の夫だと思うと、誇《ほこ》らしい気分になるのと同時に、愛されていない悲しみも感じた。アレクのほうもサラに視線を向けている。彼はサラがこれほど着飾ったのを見たのは初めてだからだろう。結婚式の日でさえ、これほどでもなかった。

「立派な侯爵夫人だ」

サラはその褒め言葉に頬を染めた。彼にそう言ってもらえるのが、何よりのご褒美だったからだ。

四人は馬車に乗り込み、舞踏会へと向かった。レディ・エリノアの屋敷に着くと、アレクはしっかりと彼女の手を自分の腕にかけて、中へと入っていく。そして、出迎えてくれたレディ・エリノアと伯爵夫妻であるご両親に挨拶をした。

「まあ、お似合いですこと。お二人とも、今夜はゆっくり楽しんでくださいね」

伯爵夫人にそんなふうに声をかけられて、二人は広間へと進んでいく。たくさんの人が集まるわけではないと、キャロは言っていたが、サラにしてみれば大変な人数だった。

「今夜は君のお披露目をする夜だ。……本当はうちでも舞踏会を開くべきだが」

それはセリーナに何度か言われていたのだが、アレクが屋敷にいないので、相談をする暇もなかったのだ。

彼は知り合いを見つける度に声をかけて、サラを紹介してくれた。サラは懸命《けんめい》に背伸びをして、アレクにふさわしい侯爵夫人として振る舞おうとした。笑顔を絶やさずに、誰に何を言われても礼儀正しい態度を取り続ける。サラにとっては難しいことだったが、アレクが傍にいてくれるから、なんとか頑張れた。

「私、変な振る舞いをしてないかしら」

ふと不安になって、アレクに尋ねた。

「大丈夫だ。君は立派にやっている。もっと肩の力を抜いてもいいくらいだ」

彼はそう言ってくれるが、なかなか肩の力は抜けない。社交界に慣れればいいのだが、まだその段階ではなかった。

しばらくして、サラは知り合いの男性に声をかけられた。セリーナの友人の息子で、以前、ハイドパークで挨拶をしたミスター・モブリーだ。

「レディ・リンフォード。またお目にかかれて光栄です」

モブリーは恭しくサラの手を取り、微笑みかけてきた。彼の歳はアレクと変わらないくらいだろうか。魅力的な独身男性だった。アレクとはすでに知り合いのようだった。

「リンフォード、美しい奥方に後でダンスを申し込んでもいいだろうか？」

お世辞だろうが、今夜は美しいと何度も言われた。それもこれも、ロンドンで誂《あつら》えた流行のドレスのおかげだろう。そして、贅沢《ぜいたく》な装身具のおかげでもある。それでも、褒め言葉は嬉しいものだった。侯爵夫人として世間の人に認められたような気がしたからだ。

アレクは微笑みながらも、丁重に断った。

「申し訳ないが、今日は妻を初めて舞踏会にエスコートした日だ。最初から最後まで、ダンスは私と踊ることになっている」

もちろん、そんな決まりがあるわけではない。いつもの彼の独占欲なのだろうが、サラは彼の言葉を聞いて心が躍った。

「新婚だから、新妻を一時でも離したくないというわけか。いや、羨《うらや》ましいことだ」

モブリーは礼儀正しくお辞儀して、去っていった。その後ろ姿を見送って、サラはアレクに囁いた。

「本当に私とダンスをしてくれるの？」

「もちろん。君が望むなら」

アレクはワルツの曲が流れ始めると、彼女を舞踏室の真ん中へと連れていく。これはサラの初めての舞踏会だ。ずっと憧れ続けていたものだが、自分が一番愛している男性に抱かれて踊るのは、何より嬉しいことだった。

まるで夢みたい……。

けれども、これが一時の夢でもいいと思った。すぐに醒めて、またアレクに冷たい仕打ちをされたとしても、今のこの時を大事にしたい。

「君はなかなか上手い。私のほうはひどい踊り手だな」

「そんなことないわ。あなたも上手よ」

彼が滅多に舞踏会に出ないことを考えると、こんなふうに軽やかに踊れるくらい上手いとは予想もしていなかった。

「私、学校でステップを習ったのよ。女の子同士で踊っていたから、男性のステップでも踊れるわ」

それを聞いたアレクは苦笑いをした。

「逆にしようなんて言わないでくれよ。私は女性のステップでは踊れない。今だって、やっと踊っているんだから」

彼は最初こそぎこちなかったが、今はスムーズに踊っている。サラは彼の腕の中にいると落ち着くことを知った。彼に触れ、顔も近くにあり、彼の腕に抱かれている。ロンドンに来て以来、本当にほとんど触れ合っていないことを考えると、奇跡的な距離の近さだと言ってもいい。

ああ、ずっとこのワルツが続けばいいのに……。

彼が未だに彼女を許そうとしない頑なな男であっても、やはり彼女はまだ彼を愛していた。彼の緑の瞳がじっと彼女を見つめている。それだけで、何もかも蕩《とろ》けていきそうになって、彼女は必死でそれを抑えていた。

曲が終わり、アレクは彼女を椅子に座らせて、レモネードを取りにいってくれた。一人取り残されて、ふと淋しさを感じる。一緒に行けばよかったかもしれない。今夜の彼はとても紳士的で、優しく振る舞ってくれるが、どうせ今だけのことなのだ。だとしたら、片時も離れずに一緒にいたかった。

アレクがレモネードとシャンパンのグラスを持ち、こちらに戻ってこようとしている。だが、途中で女性に声をかけられて、そちらを向いた。

彼女は誰……？

美しい人だ。彼より年上かもしれない。少なくとも、サラより大人だ。

サラはきつい香水の匂いを思い出した。あれはなんでもないことだと何度も思おうとし

たが、その度にあの匂いが甦ってくる。彼が否定しなかったことが、彼女の疑惑を深めていたのだ。

アレクはその美しい女性に冷ややかな笑みを返し、儀礼的な挨拶だけで済ますと、すぐにこちらに向かってきた。ほっとするのと同時に、彼女は彼の冷たさに背筋が寒くなった。もちろんあの女性が彼とどういう関係にあったか判らない。しかし、女性のほうは艶《つや》やかに微笑んでいたのに、彼は冷たい笑みしか返さなかった。

もし、彼女が彼のかつての愛人だったら……？

ベッドで女性を抱いても、彼にとっては大した意味はないのだ。それほどまでに、彼は女性に対して信用することを忘れてしまったのだろうか。

次に冷ややかな態度を取られるのは、自分かもしれない。そう思うと、怖くてならなかった。いや、もうすでに家の中では似たようなことになっている。結婚してから普通の夫のように振る舞っているのは、今夜だけだった。

つまり、これは見せかけのものに過ぎない。彼が本当にサラを妻らしく扱おうと思っているわけではないのだ。二人が上手くいっている夫婦だと、社交界に示しているだけのことだった。

そうよ……。それだけのことなのよ。勘違いしては駄目。

アレクは彼女の元へやってきて、レモネードのグラスを差し出した。

「どうもありがとう」

なんとか微笑んだ彼女に、アレクは眉をひそめた。

「疲れたのか？」

「……ちょっとだけ」

まさか彼が怖いのだとは言えない。

「それなら、もう帰ろうか。馬車だけこちらに返せば、母とキャロも困らないだろう」

「あら、駄目よ。初めての舞踏会だから、もう少しあなたと一緒にいたいわ」

恐らく屋敷に帰ったら、彼は魔法が解けたように元に戻ってしまうだろう。それこそ、またどこかに出かけようとするかもしれない。それだけは嫌だった。

サラはまだ彼を独占したかった。彼は私の夫よと、ここにいる全員に言って回りたかった。

悲しいほどに、サラは彼を愛していたのだ。


屋敷に戻ったときには、もう夜中になっていた。とはいえ、貴族の社交生活とは、こんなものかもしれない。寄宿学校では消灯時間が決まっていたから、まだこういう生活には慣れない。

彼女は侍女の手を借りて、ドレスを脱ぎ、浴室で身体を綺麗にした。ナイトドレスを着て、いつもの習慣で、扉の向こうのアレクの寝室から聞こえる音に耳をそばだてた。

何か小さな物音がする。彼はまだ部屋にいるのだ。ひょっとしたら、出かけずに、もう寝るのかもしれなかった。

急にサラは彼に会いたくなった。予想どおりに魔法は解けていて、無愛想な彼に戻っているかもしれない。馬車の中では、すでに彼は礼儀正しいだけの人となっていた。だが、それでも顔を見たかった。できれば、抱いてほしい。もうずっと彼に触れられてない。

舞踏会で彼の腕に抱かれて踊ったことを思い出して、どうしても彼の顔を見なければ、気が済まなくなってしまった。彼とは何度も何度も踊った。何人か他の男性がダンスを申し込んできても、絶対に許さなかったくらいだ。

あれはやっぱり独占欲よね。

そう思うと嬉しかった。嫉妬《しっと》もされなくなったら、おしまいだということは判っている。たとえ肉体だけでもいいから、自分に魅力を感じてほしい。サラはそんな切羽詰まった気持ちになりながら、そっと扉を開いた。

その音に、アレクが振り向く。ちょうど着替えている最中だったらしく、彼は上半身が裸だった。侍従を下がらせたのか、彼はひとりだった。思わずサラは彼の身体に釘付けになってしまった。

「何か用事か?」

アレクは素っ気ない態度で尋ねた。やはり魔法は解けてしまったのだろうか。判っていたことだが、やはり胸に重りを入れられたような気がする。サラはうつむいて、声を絞り出した。

「今日は楽しかったって言いたかったの。……初めての舞踏会にエスコートしてくれて、ありがとうって」

本当は、ただアレクの顔を見たかっただけなのだ。どうして素直にそう言えないのだろう。だが、言ってみたところで、彼の機嫌がよくなるとも思えない。

「君はああいう場が好きなのか？」

「舞踏会のこと？　よく判らないわ。初めてだったから、すごく新鮮に感じたのかもしれない。社交界のこともよく判らないし……」

「私はロンドンも社交界も好きじゃない。もちろん、舞踏会もだ。けれども、君が私の妻として、恥をかかされることがないように気を配るつもりだ」

「そう……」

それは彼女の欲しかった言葉ではなかった。サラはもっと彼と一緒にいろんなものを楽しみたかった。しかし、嫌いなものは強制できない。気を配ってくれているのは確かなのだから、それで満足すべきなのだろう。

手に入らないものを嘆いても仕方がないのだ。今あるものでも幸せなのだと思わなければいけない。

サラが顔を上げると、彼の視線は彼女の身体を見ていた。まるで、ナイトドレスの下にあるものを愛撫するような視線だった。

「他に用事がないなら、もう寝るといい。それとも、私が脱ぐのを見ていたいのか？」

アレクの手がズボンのボタンにかかる。彼が脱いだところを想像して、サラは顔を赤らめた。

「ねえ……私達、ロンドンに来てから、ずっと……」

どんな言葉が適当なのか、彼女は考えた。ベッドを共にするという言い方はおかしい。彼はサラと一緒に眠ったりしないからだ。愛し合うという言葉も、まったく当てはまっていない。

「抱いてもらいたいのか？」

彼の問いかけに、彼女はそっと頷いた。とにかく彼に触れてもらいたい。キスをされ、愛撫《あいぶ》をされたい。彼と抱き合いたかった。

しかし、アレクは軽蔑《けいべつ》するような目つきで、彼女を見た。

「そのためにここへ来たのか？　私は誘惑してくる女が嫌いだと言ったはずだ」

これも誘惑になるのだろうか。妻が夫の部屋に入っただけで？

ナイトドレス一枚ではあるが、それほど挑発的な格好をしているとも思えない。裸でいるなら、別だが。

「私のこと……もう飽きたの？」

そんなことを尋ねる自分がとても惨めで嫌だった。けれども、訊いておかなくてはならない。

「そんなことは言ってない」

「じゃあ……あなたを騙した女の人のこと、まだ許せないの？　その人と私は違うのに」

突然、アレクの表情が厳しいものに変わった。

「……誰が君にその話をした？」

彼が怒っているのは明らかだった。鋭い眼差しで見つめられて、サラの脚が震える。

「いろんな人から。みんな、私達のこと、心配してくれているの」

名前を言えば、彼の怒りがそちらに向いてしまう。怒りを買うのは、自分ひとりだけでいい。彼女は事情を教えてくれた人達を庇《かば》った。

「彼女のことは君に関係ない」

「関係なくはないでしょう？　あなたはその人に傷つけられたから、今でも彼女への怒りを忘れられなくて、それで私を罰しているんだわ。彼女の分の罪も、私がかぶらされているのよ」

「そんなことはない！」

アレクはますます怒っている。だから、サラは今までこのことを口にしなかったのだ。けれども、もう我慢ができなくなっていた。自分が悪かったという罪の意識はある。だが、結婚までして、どうして彼はここまで彼女につらく当たるのだろう。少なくとも、サラは彼に対して、貞淑《ていしゅく》ないい妻でいる努力をしているつもりだ。一方、アレクはいい夫になる努力をわざと放棄しているとしか思えない。

こんな夫婦が上手くいくと思うのだろうか。アレクは自分の結婚を自分で駄目にしようとしている。それほどまでにサラが嫌いなら仕方がないが、そこまで嫌っているわけでもなさそうだから、不思議で仕方がない。

どうして、彼は自分の過ちを認めようとはしないのだろう。これほどまでに頑なになる理由はなんなのだろうか。

「ねえ……あなたは……その人をこのタウンハウスに連れてきたのよね。そのベッドに……その人も寝たの？　妻の私だって一度も寝てないのに……あなたはそこで彼女を何度も抱いたの？」

「サラ……！」

胸が張り裂けそうだった。ずっと堪えていた涙が溢れ出てくる。苦しくてならなくて、サラは自分の部屋に戻ろうとした。だが、後ろからアレクに抱き締められた。

「あれから、ここは全部改装している。ベッドだって取り替えた」

「でも、あなたの気持ちはそのときのままなんだわ……！」

サラはもがいたが、彼は彼女を抱き上げて、ベッドへと連れていく。

「やめて！」

「それはこっちのセリフだ。昔の女のことなんか関係ない。だいたい君だって……他の男からダンスを申し込まれて、喜んでいた。君は大した人気者じゃないか」

サラはそんなふうに言われることに驚いていた。彼女は別に喜んでいたつもりはなかったからだ。

「もし私がいなかったら、君は嬉々としていろんな男と踊っていただろう。私がいない間に、たくさんの男と知り合いになっていたんだな？」

「そんなこと……」

それでは、まるでサラが浮気でもしているような言い方だった。裏切ったのはアレクのほうだ。少なくとも、その疑いはまだ晴れていない。

「私に放っておかれたから、君は欲求不満なのかもしれないな」

「ちが……」

サラは続きが言えなかった。荒々しく唇を奪われていたからだ。ベッドに背中を押しつけられ、上から体重をかけられる。重いが、彼の身体がここにあるのだと思うと、サラはつい嬉しくなって、背中に手を回した。

キスひとつで容易《たやす》く堕ちる女だと思われたかもしれない。だが、サラはずっと彼に抱き締められて、キスをされたかったのだ。喧嘩《けんか》の最中であっても、これが彼女の口を塞ぐためのキスであっても、関係ない。ただ彼に嵐のように口づけをされて、無我夢中でキスを返していた。

身体にも簡単に火がついてしまっている。彼の手がナイトドレスの上から乳房を掴んでいる。布越しに乳首を指で弄られたが、どうせなら、直接触られるほうがいい。サラは身悶えて、彼に自分の身体を擦りつけるように動いた。

だが、アレクはそんなサラの興奮を醒ますような言葉を吐いた。

「そんなに抱いてほしいなら、自分で脱ぐんだ」

サラは目を見開いて、自分の上にいる彼を見つめた。信じられない。この場でこんなことを言うなんて。

「嫌よ。そんなことはしないわ」

彼はまだサラを屈辱的な目に遭わせようとしている。彼の前でさんざん服を脱いだ。今更、この薄いナイトドレスを脱いだところで、どうということはない。しかし、彼女はもう彼に屈するのは嫌だった。

「抱いてもらいたくて、たまらないくせに」

胸の突起がナイトドレスの生地を押し上げている。下のほうもきっと蜜が溢れ出しているだろう。事実、彼女は抱かれたくてたまらなかった。けれども、これは意地の問題だ。彼にこれ以上、譲歩する気はなかった。

「あなただって……」

彼の股間が硬くなっているのは、見ただけで判る。

「確かにそうだな。君も……見てみるかい?」

アレクはズボンのボタンを外し、下穿きの中から猛っているものを取り出してみせる。たくましく勃ち上がっていて、サラはそこに目が惹きつけられて、思わず喉を鳴らしてしまった。

彼はその様子を見て、かすかに笑った。

「……欲しいだろう?」

サラは答えられなかった。それに貫かれることを想像してしまうが、欲しいと言ってしまえば、彼に屈服することになる。

「判っているさ。君のその目つきだけで」

彼はサラの身体を裏返しにして、ナイトドレスの裾をお尻までまくり上げた。そして、脚の間に手を差し込んでくる。

「思ったとおり、びっしょり濡れている」

「あ……やめて……っ」

彼の長い指が中に滑り込んできて、サラは目の前にあった枕を両手で掴んだ。

「何かやめてだ。こんなに締めつけてるくせに……ほら……」

「あっ……あぁっ……あん……」

彼女の口からは甘い声しか出てこなくなる。ここまで来て、もう意地を張ることはできない。指だけでは物足りなくて、彼自身が欲しくて仕方がなくなる。

「愛撫だって必要ない。……そうだろう、サラ?」

彼は指を引き抜いて、己のものを押し当てる。そして、後ろから一気に貫いた。

「あぁぁっ……っ!」

彼女は悲鳴のような声を出した。けれども、それは歓喜の声でもあった。

もう、たまらなかった。海の満ち引きのように抽挿されて、サラはそれに合わせて腰を動かした。

ひどいことをされているのに……。

それなのに、身体は悦んでいる。快感が高まり、サラはまともな思考能力も奪われてしまったようだった。

あまりにも気持ちがよすぎて、どうしようもなかった。身体の内部を抉られて、内奥へと突き上げられる。その繰り返しで、サラは枕を抱き締めながら、ただ喘《あえ》ぎ声を出すばかりだった。

ああ……もう……。

彼の手が敏感な突起を弄ぶ。とうとう耐え切れず、彼女は自分を手放した。

一気に弛緩《しかん》する身体を後ろから抱き寄せて、彼が中で弾けたのが判る。これは顔を見ることなく、快感を得るだけの行為だったのだと、彼女は今になって気がついた。

今までと同じように気持ちよかったが、それだけでは物足りない。キスをしたり、抱き合ったり、お互いの温もりを感じたり、微笑み合ったり……そんなものが決定的に足りなかった。

彼がサラから離れた。サラは自分が恥ずかしかった。こんな行為に感じたくなかったのに、結局は彼の思うとおりになってしまったからだ。

振り返ると、彼は素っ気なく扉を指差した。

「出ていけ」

その一言は、彼女の胸を突き刺した。

たった今、抱いた相手に言うことだろうか。とても信じられない。彼は自分のことしか考えていないのだ。

サラはさっとナイトドレスの裾を直すと、急いでベッドから下りて、扉に向かった。そして、後ろも振り返らずに出ていき、扉を締める。

あまりのことに、涙も出なかった。悲しみより怒りのほうが大きい。身体を好き勝手に弄ばれて、出ていけと言われた。こんな屈辱《くつじょく》には耐えられない。

ええ、出ていってやりますとも！

もちろん彼はベッドから出ていけと言いたかったのだと判っている。けれども、彼女はそうは受け取らなかった。彼は自分の人生から出ていけと言ったも同然なのだ。

サラは浴室で自分の身体を綺麗に流した。これほど自分の身体を汚されたと思ったことはない。浴室を出ると、侍女の手助けがなくても着られるドレスを身に着ける。そうして、小さめの鞄に、音を立てないようにして身の回りのものだけを詰め込んだ。

こんなとき、寄宿学校に行っていて、本当によかったと思う。自分のことは自分できるからだ。何もできないお嬢様ではないのだ。

荷造りが済むと、彼女は手紙を書いた。もちろん、アレク宛にだ。『出ていけと言われたから出ていく』と書き残すのは、子供っぽいだろうか。けれども、それが本当の気持ちだ。

私はまた愚かな行動を取ろうとしているのかしら……。

名前や立場を偽って、侯爵邸に乗り込んだときから、自分はあまり成長していないのかもしれない。これがまた新たな厄介《やっかい》事を引き起こすのは間違いないからだ。しかし、自分が彼に合わせていたところで、問題はいつまで経っても解決しない。何か行動を起こさないと、彼には判ってもらえないのだ。

もちろん、こうやって出ていくことで、彼が考えを変えてくれるとは限らないわけだが。それでも、やってみる価値はあるだろう。このままであれば、完全に結婚生活は崩壊する。こんな形で子供ができたら、そちらのほうが不幸だ。いや、子供ができなかったとしても、不幸には変わりはない。

サラは少し考えて、手紙を書き足した。

『お忘れかもしれないけど、私を大切にしてくれる人は、たくさんいるのよ』

彼女は手紙にそう書いた。大切にしてくれる人とは、もちろん家族のことだ。実家に帰ると書き残すのは、なんとなくプライドが許さなかった。出ていけとまで言われたことが、心に傷を残しているのだ。

しかし、彼が迎えに来なかったら、このまま別れて暮らすことになるのだろうか。不安はあったが、彼に抱かれながらも悲しい想いをするより、いっそ離れて暮らすほうがいいだろう。

彼がどういう決断を下すにしても、彼女はそれを受け入れるつもりでいた。アレクのことが好きだったから、彼の言う都合のいい結婚を受け入れた。彼の傍にいたかったからだ。しかし、それは間違いだったのかもしれない。

やがて夜が明けた。これからロンドンの街は賑やかになる。使用人も起き出すだろう。

サラは書き物机から立ち上がり、鞄を持った。

大丈夫。絶対に大丈夫。

根拠のない自信を持って、サラは部屋を出ていった。


サラはアンナのコテージへと向かった。アレクが捜すとしたら、きっとクイントン男爵家のタウンハウスとクイントン・アビーだろう。彼が捜せないところに行くつもりはなかったが、それでも彼の予想どおりのところにいるのは、つまらない。少しくらいやきもきさせてもいいはずだと思う。

そんな考えでコテージに来たのだが、アンナはずいぶん呆《あき》れているようだった。結婚して、まだ二ヵ月にもならないのだ。アンナからすれば、自分は相当、馬鹿なことをしているようにしか見えないだろう。

今頃、彼は書き置きに気づいているかしら……。

それとも、まだかもしれない。サラのことなど、いつも眼中にないようだった。今日も出かけてしまったのなら、彼女が出ていったことさえ知らないということも考えられる。

サラは不安になりながらも、一夜を過ごした。

翌朝、早起きをして、サラはアンナの美しい庭を散歩することにした。もうずいぶん暖かくなっていて、たくさんの花が咲いている。朝の空気を吸いながら、サラは不安に傾こうとする心を押しやることができたように思えた。

花々の中に置かれているベンチに、彼女は腰かけた。

アレクと初めて会ったのは、まだ寒い日だったことを思い出す。裸婦のモデルの話を聞いたときには、とんでもない男だと思ったものだ。しかも、誘惑してはいけないだなんて、自惚《うぬぼ》れの強い男だと思った。

最初の印象は最悪だったのに、彼のいろんな面を知り、好きになっていった。彼が過去に何かを抱えていることを知り、力になりたいと思うようになって……いつの間にか彼を愛していた。

彼に誘惑されてしまったとも言えるかもしれない。しかし、彼の魅力は外見だけでなく、もちろん性的なものだけでもない。彼の頑なところも、実は好きだ。未亡人を誘惑しておいて、彼女が若い娘だと知ると、結婚を申し込んできた。真面目で紳士的なところもある。かと思えば、情熱的だったり、優しいところもある。

それも全部ひっくるめて、やはり彼のことを愛していると言える。

それなのに、私は彼をロンドンに置いてきてしまった……。

これでよかったのだろうか。一日経って、そんな後悔をしている自分は、やはり愚かなのだろう。

考えが足りずに、行動力ばかりが勝っていて、これではアレクも手を焼くことだろう。

ふと、誰かの足音が聞こえる。アンナだろうか。それとも、彼女の庭師なのか。

挨拶をするために振り返ってみて、サラは言葉が出なくなった。そこには、アレクが花束を持って、立っていたからだ。

「アレク……！」

彼は少し困ったように笑みを見せた。

「もう花はいらなかったかな」

そう言いながらも、彼は近づいてくると、サラの前で跪《ひざまず》いた。そして、持ってきた花束を差し出す。

「サラ、私ともう一度やり直してほしい。他の男のところへなんか行かないでくれ」

驚きすぎて、サラは口を開けたまま、彼の顔をただ見つめていた。彼は緊張した面持ちで、彼女の目をその緑色の瞳で見つめている。数秒間、見つめ合った後、サラはようやく手を出して、その花束を受け取った。

「……本当に？」

不安そうな声が出てしまって、サラは後悔した。彼がプロポーズのやり直しまでしてくれたのに、こんなことしか言えないなんて……。

「本当だ。昨日の朝、謝りたくて君の寝室に行ったら、君はいなくて、書き置きだけが残

されていた。読んでみて、心臓が止まりそうになったよ。君を大切にしてくれる男が他にいるなんて……。君を失うことには、とても耐えられない」

サラは呆然とした。そういえば、アレクは何故だかサラが男に人気があると思い込んでいたようだった。大切にしてくれる人という言葉が、そんなふうに解釈されるとは思わなかった。

「でも……私は……」

「判っている。私はひどい男だった。君が嫌になるのも判る。冷たい言葉を投げつけて、身体だけが目当てのように振る舞った。君と距離を置こうとしたり、君の言うことを無視したり、怒鳴ったり……。今更、反省していると言ったところで、君が容易に信じられないのも判る」

アレクは自分がサラにしていたことが、ひどいことだという自覚はあったのだ。そして、反省していると口にした。確かに信じられないが、アレクのことを信じられないのではなく、アレクが謝罪の言葉を口にしているということが、サラには信じられなかった。

彼はとても頑固な人間だ。自分の信念を曲げるのが嫌な男なのだ。その彼がサラに自分の過ちを認めている。

サラは目の前が明るくなっていくような気がした。胸に希望の火が灯る。これから二人はちゃんとやり直せるかもしれない。

「アレク……」

「君が自分を大切にしてくれる男に心惹かれるのは、許しがたいが、それでもそんな気持ちになったのは理解できる。だが……もう一度だけ、もう一度だけでいいから、私にチャンスをくれ。君を誰にも渡したくない。どうしても渡したくないんだ！」

アレクは真剣だった。その必死の表情や眼差しを見れば判る。サラの胸には熱いものが込み上げてきた。

「他の男なんて、いないわ。その……家族のことよ。大切にしてくれる人って。実家に帰るっていう暗号のつもりだったの」

「暗号……！」

アレクは愕然とした表情になった。が、次の瞬間には柔らかい眼差しに変化していく。

「なるほど……。いかにも君らしい。私はてっきり君が他の男のところに行くのだと思い込んでいた。ずっと君に嫌われるようなことばかりしていたから……」

「そんなつもりは、全然なかったわ。本当に、親しくしている男性なんて一人もいないもの。そんなの、あなたの考えすぎよ」

「そうだろうか……。君にそんな気はなかったとしても、舞踏会で君に見蕩れる男がたくさんいたのは知っている。あの中の誰かが君を射止めたのかと思うと……。どんなに君に謝っても、もう遅いのかと思ったら……」

「だから、そんなことないのよ。ただ、あの舞踏会の夜のことで……私はあなたの仕打ちに耐えられなかった。このままだと、あなたとやっていけないと思ったの。あなたが追いかけてくれるかどうか判らなかったけど、とにかく出ていかなくちゃって……」

アレクは切なげな表情をした。自分の今までの言動を後悔しているのだろう。

「書き置きを手にして、一体どこに行ったのかと大騒ぎをしていたら、母から叱られた。君はずっと無理して笑っていたと……。食欲もなくなって痩せていたのに、気づきもしなかったのかと」

アレクは彼女の手を握り、もう片方の手で頬にそっと触れた。

「確かに痩せたな。私は絵を描くときに君の顔や身体をさんざん見ていたくせに、ちっとも気づいてなかった。笑顔をずっと本物の笑顔だと信じて、ロンドンでは、君は私なんていなくても楽しそうに過ごしていると思い込んでいたんだ」

彼の優しさに触れて、サラは泣きそうになった。涙を堪えようとまばたきしたら、逆にそのせいで頬に涙が流れていく。

「サラ……。ああ、サラ……泣かないでくれ」

アレクは零れ落ちた涙を指で拭った。しかし、優しくされればされるほど、何故だか泣けてきてしまう。とうとうサラは涙が止まらなくなって、しゃくり上げることになる。アレクは彼女をそのままにしておくわけにもいかず、彼女の横に座り、肩を抱き寄せた。サラはアレクの胸に顔を埋める。

ああ、なんて幸せなんだろう……。

彼の身体全体がさらに安らぎを与えてくれる。彼がこうして慰めてくれるという事実だけで、胸の中が温かくなってくるのだ。

しばらく彼の胸の中で泣いていたが、涙を流した分だけすっきりしてしまって、やがてサラは顔を上げた。

「あなたの服をずいぶん濡らしてしまったわ」

アレクは苦笑しながら、フロックコートのポケットから白いハンカチを取り出して、彼女の顔を拭いた。

「君がこんなに泣くのを初めて見たよ」

「いつもは泣かないようにしているの。みっともないところを見せるのは嫌なのよ」

「だから、君が強い女性だと思ってしまったんだ。君が言ったとおり、私は自分を騙した別の女の分まで、君を罰しようとしていたのかもしれない。もう昔のことだと言いながら、吹っ切れていなかった。いや、あの女をまだ愛しているということじゃないよ。ただ、自分の中に頑なな心があった。君と彼女を重ね合わせて、信用してはいけないと、固く心に誓っていた」

彼がやっと自分が頑なだったということを認めてくれたのはいいが、やはりまだ信用されてはいないのだろうか。そこが少し引っかかってしまった。

「でも、本当に嫌だったのは君のことじゃない。騙されていたと判っても、君に惹かれてしまう自分自身が許せなかったんだ」

「え……」

サラはまばたきをして、彼を見つめた。彼は優しい目で微笑んでいる。

「私のこと、少しくらいじゃない。少しは好きでいてくれた……？」

「少しくらいじゃない。君を最初に抱いたとき……君が処女だったと知って、君のすべてを私のものにしたいと思った。あのとき、一生大事にすると言っただろう？　どんな困難があろうとも、君を妻にして、子供をつくろうと思ったくらいだ」

サラは驚いて、思わず呟いた。

「私……私……てっきりあなたが私のことを愛人にしたいという意味で言ったと思ったの。嘘をついていた罪悪感があったし、どこの誰だか判らない未亡人を妻にしたいなんて、あなたが思うはずがないって……」

「だから、ロンドンに行こうと誘ったときにも、いい顔をしなかったんだな。君が屋敷を出ていくなんて言い出したから、おかしいと思った。それで、頭を過《よ》ぎったのは、私を騙した女のことだった。君も泥棒の一味ではないかと思って……」

サラは顔を赤らめた。あのとき、アレクが待ち構えていると知らずに、自分はのこのこと書斎に入り、机の引き出しを漁っていたのだ。

「あのときは、本当にごめんなさい」

「いや、そもそも私が君の手紙を無視せずに、宝石箱を返していればよかったんだ。だけど、祖父母によく『クイントン男爵家の者とは関わるな』と家訓のように言われていたものだから……」

「でも、せめて本名を名乗って、宝石箱を返してほしいと直談判すればよかったのよ。そうしたら、あなたを結婚の罠にかけずに済んだんだもの」

アレクは優しく首を横に振った。

「君は大叔母さんを想う優しい心の持ち主だよ。私は確かに罠にかけられたというふりをした。でも、本当はそうじゃなかったんだ。騙されていたことが判っても、君が欲しかった。だけど、そんなふうに君を欲しがる自分が愚かに思えて、どうしても許せなかったんだ。だから、君にプロポーズもせずに、ご両親の前で結婚すると宣言した。君には、いるかどうか判らない子供を盾にして……どうしても君を自分のものにしたかったのに、それを素直に言うことができなかった」

彼は彼女を欲しいとか、惹かれるとか、そういう言葉で気持ちを表現してくれている。しかし、どうせなら、もっと踏み込んだ言葉が欲しかった。彼女は熱烈にその言葉を欲していた。

ずっと待っていたんだもの。私には聞く権利くらいあると思うわ。

けれども、彼に求めるより、まず自分の気持ちを正直に打ち明けたほうがいいかもしれない。彼女も自分の気持ちを隠してばかりいたのだから。

「私……都合がいいから結婚すると言われて、悲しかったの。それでも、あなたの傍にいたかったから……あなたには悪いと思ったけど、あなたを私のものにしておきたかったから……」

アレクは彼女の手を取り、指先にキスをした。そして、彼女の目を見つめながら、はっきりと言葉にした。

「愛しているよ、サラ」

また涙が零れ落ちるのを、彼女は止められなかった。ハンカチで拭きながら、彼女は笑みを見せた。

「私もよ、アレク。愛しているわ」

アレクはサラの涙に濡れた頬にキスをする。そして、今度は震える唇にそっとキスをしてきた。

「私が素直じゃないばかりに、遠回りをしてしまった。君は信用できない女なんかじゃない。これから一生、大事にするから、私の隣で寝てほしい」

「ええ……。その言葉を待っていたの！」

サラは彼の首に手を回して引き寄せた。キスをしてほしいという大胆な仕草に、アレクは微笑みながら顔を近づけてくる。唇が触れて、舌が彼女の中へと侵入してきた。

キスだけで、こんなに幸せになれるなんて……。

彼の何もかもが愛しい。そんな気持ちが彼女の中で膨れ上がってくる。

しばらく、熱烈な口づけを交わした後、二人はふと我に返って唇を離した。

「庭の真ん中ですることじゃなかったな」

「でも、嬉しかったから……」

サラは頬を染めながら答えて、ふと自分の手の中にある花束に目をやった。

「そういえば、この花、どうしたの？」

「クイントン男爵の温室や花壇にあった花だ。実は昨日、君の書き置きを見つけてから、男爵のタウンハウスに恥を忍んで押しかけたんだ。君がどの男と親密になるにしろ、まず実家に帰るんじゃないかと思った。でも、君はいないし、今度はクイントン・アビーに向かった。着いたのは夜遅かったけど、執事を叩き起こしたら、君はコテージにいると……。執事はすぐに押しかけようとした私に、屋敷に泊まるように言ってくれたよ。一日置いて、お互い冷静になったほうがいいと忠告された。それで、朝、この花束を用意してくれたんだ。君のところの執事は素晴らしいね」

「私のことを生まれたときから知っているからよ。私が家を出てきたと言っても、みんな驚かないんだもの。お嬢様ならやると思ってましたって言われたわ」

アレクはそれを聞いて、大きな声で笑った。

「そうだな。君は……確かにそういうことをしそうな女性だよ。君のご両親の反応も同じだった」

サラは両親の顔を思い出して、顔をしかめた。

「みんなを安心させてあげないと、いけないわね」

別に心配をかけて平気だというわけではないのだ。サラも自分のしたことがとんでもないことだということは、よく判っている。

「そうだな。まず最初に、君の大叔母さんを安心させなくては」

アレクは立ち上がり、サラに手を伸ばした。サラは彼の手を握り、立ち上がる。二人は顔を見合わせて笑い、コテージのほうへと歩きだした。


二人はまっすぐロンドンに行かずに、まずリンフォードの領地へと向かった。

新婚生活のやり直しがしたかったのだ。ロンドンのセリーナやサラの両親には、心配しないように手紙を出している。二人は一週間、領地で過ごした後、ロンドンに戻ることにしている。まだ侯爵夫人としてのお披露目は済んでいないからだ。いずれは、舞踏会も開かなければならないだろう。

　ともあれ、二人はリンフォード・ハウスに戻り、親密に語り合った夕食の後、アレクの寝室に入った。サラはこの部屋に足を踏み入れるのは初めてだった。いつも彼が彼女の部屋を一方的に訪れて、事が済んだら出ていくだけで、彼女のほうから行くことはなかったからだ。

　アレクは彼女のドレスのボタンに手をかけた。ドレスを脱がせると、コルセットやペチコートなど、いろんなものをひとつずつ取り去っていく。

「なんだか思い出すわね」

「ああ……そういえば、裸婦のモデルが欲しかったというのは、実は嘘なんだ」

「え……ええっ？」

　そんな基本的なところで、彼はサラを騙していたのだ。そんなこととは思わず、彼女は決死の思いで服を脱いだのに。

「そう言ったら、君が帰ると思ったんだ。でも、頑張ると言うし、上品な淑女《しゅくじょ》に見えたが、実はそうでもないのかもしれないと……。それで、試すつもりで、アトリエに連れていって、さあ脱げと脅かしてみた。ペチコート一枚で震えている君は、最高に可愛かった。あのとき、絶対に誘惑してやると誓ったんだよ」

「あなたって……。私は恥ずかしくて死にそうだったわ。大叔母様のためだと思ってみても、もう耐えられないって……。でも、キスされたら、変な気持ちになったの。あなたの手が触れたところが熱くなっていって、まるで夢みたいで……あっ……ああん……」

アレクはドロワーズの紐《ひも》を解いて、下に落としてから、シュミーズの裾を捲り上げて、掌でお尻を直に撫でていた。

「こんなふうに敏感に反応してくれる君が好きだよ。それから……とんでもない行動を取る君も……」

「私は……あなたの頑ななところも好きよ。素直じゃなくて……意地っ張りで……でも、優しいところもあって……。ただ、冷たくされることだけが……嫌だったの」

「もう、冷たくなんか絶対にしない」

アレクはシュミーズを脱がせて、サラを全裸で立たせた。もう何度も見られたのに、こんなふうにじっと見つめられると、やはり恥ずかしくなってくる。

「そんなに見ないで」

「やっぱり少し痩せたね。でも、胸は大きくなっている。最後の月のものはいつだった?」

サラはまばたきをして、彼の顔を見つめた。最近、そんなことを気にする精神的余裕もなかったのだ。

「結婚してすぐの頃……。ずいぶん前よね」

アレクの顔が嬉しそうに輝いた。

「ひょっとしたら……」

「そうかも……？」

「明日になったら、医者に来てもらおう」

彼はサラを優しく抱き上げて、ベッドにそっと下ろした。

「寒くないかい？」

「平気よ。でも、もちろん、あなたが温めてくれるんでしょう？」

サラはわざとにっこり微笑んで、彼に手を差し伸べた。

「やっぱり、君は小悪魔だな」

アレクは笑いながら、自分の服に手をかけて、素早く脱いでいった。彼の肌が現れるに従って、サラは彼から目が離せなくなってくる。

「ねえ、自画像は描かないの？」

「まさか裸の自画像を描けというんじゃないだろうね？」

「そういう絵があったら、私がひそかに隠し持っておくわ。でも、子孫が見たら驚くわね」

「悪いが、私にそういう趣味はない。それに……本物のほうがいいだろう？」

サラは彼の裸を見て、頬を染め、頷いた。彼の身体は観賞に耐えるものだが、見るだけより、触れるほうがいい。

アレクは彼女をそっと抱き締めて、唇を重ねてきた。キスだけでも、こんなに夢中になれる。彼女は彼の首に腕を回して、もっと深いキスをしようと彼の舌に自分の舌を絡めた。

愛していると言われたとき、サラの中で何かが変わった。きっと、アレクのほうも同じなのだろう。キスも以前とは違う。気分が高揚していて、彼のすべてを受け入れたいという欲望が一層高まっている。

もう、何をされてもいいの……。

彼女はそんな気分なのだ。彼のことが愛しくて仕方がない。彼に触れられ、それから自分も触れたい。キスをされて、自分もキスをしたい。とにかく、彼と本当の意味で、ひとつになりたかった。

アレクはサラの身体にたくさんのキスをしてきた。何度キスしても足りないような感じだった。彼女にも、その気持ちは判る。逆にサラが彼の身体にキスしようとするなら、同じようにしてしまうだろう。

すっかり敏感になっている胸への愛撫《あいぶ》は、本当に優しいものだった。彼は一切、指を使わず、交互に舐めて、口の中に含むときも乱暴に吸ったりはしなかった。ただひたすら、彼は優しいのだ。

ひょっとしたら、これは一昨日の埋め合わせのようなものかもしれない。彼はあのとき、乱暴な真似をしたことを、きっと後悔しているのだろう。

両脚を広げられ、そこにも柔らかな愛撫を加えられる。彼の舌が花弁の中へと忍び込んだり、花芯をつついたりしたかと思うと、太腿の内側にそっと唇を這わせたりする。そんな行為を繰り返されて、サラは次第に少しずつ高まっていく。急速な愛撫ではないから、じっくりと感じることができた。

けれども、あまりに優しすぎる愛撫に、今度は焦れてきてしまう。サラは熱く痺《しび》れる身体を持て余して、彼にねだった。

「もっと……して」

アレクはくすっと笑った。

「どんなことをしてほしい？　たとえば？」

「たとえば……ゆ、指を入れるとか……」

「こうかな？」

彼は長い指をすっと内部へ挿入していく。それだけで、腰が震えた。

「ああ……もっと……もっとよ……」

彼は指を抜き差ししながら、花芯《かしん》を少し強い調子で舐めていく。サラは身体中に広がる快感に翻弄されて、自分で腰を動かしていた。

「あっ……あっ……はぁっ……ぁ」

焦らされたからこそ、身体の奥に燻《くすぶ》っていた熱が一気に燃え上がり、すぐに全身を駆け抜けていく。

「あぁぁっ……んっ……！」

彼女はあっという間に昇りつめてしまった。

サラは余韻に浸りながらも、硬くなっている彼の股間のものを見た。

「私……私……あなたに触りたい」

彼は少し困ったような顔で笑った。

「後でゆっくりとね」

「後で……？」

「そう。今は駄目だ。君の中に入りたくて仕方がないんだから」

両脚の間に彼の熱いものを感じる。そっと挿入されていき、やがてそれが内奥へと突き当たった。彼は満足したような息を吐く。

「あなたも……気持ちがいいの？」

「もちろんだ。君も気持ちがいい？」

「ええ……。すごく……満たされてる気がする。あなたがいると思うと……安心できるの」

サラは自分の感じていることを素直に口にした。

「私は君に包まれて、安心できる。それから、君は私のものだという独占欲でいっぱいになる。もう……君しか見えなくて……」

アレクは我慢できないといった感じで、動いてきた。彼が動く度に、サラの内部が刺激されていく。彼女はやがて自分から腰を動かして、彼を招き入れて、快感を大きくしようとしていた。

彼女はとうとうアレクの腰に自分の脚を絡めた。

「サラ……！」

彼は喘ぎながら、サラの身体を抱き締めてくる。サラもまた彼の首に腕を巻きつけて、できるだけひとつになろうとした。

「ああ、もう……っ」

サラはふわりと身体が浮き上がるような感覚がして、彼にぎゅっとしがみついた。それと同時に、彼もまたサラを強く抱き締めて、身体を一瞬強張らせる。

二人の鼓動は激しく動いている。乱れた呼吸を整えながらも、サラは彼の体温に包まれて、この上ない幸せを感じた。

浴槽《よくそう》に湯を溜めて、二人はそこに身を沈めていた。

大きな浴槽ではあるが、二人で入るようには作られてないので、少し狭く感じる。それでも、サラは彼とべったりとくっついていることが嬉しくてならなかった。

「今夜は一緒に寝てもいいのね？」

　サラはつい念を押してしまった。いいと言っているのに、少ししつこく思われるかもしれない。

「ああ、もちろん。絶対に出ていけなんて言わない。ロンドンでの私の振る舞いはかなりよくなかったと反省しているんだ」

　思い出すと、ロンドンでは苦しいことばかりだった。もちろん、セリーナやキャロと一緒に楽しいことも経験したのだが、肝心のアレクはほとんど傍にいなかったのだ。

「やっぱり、ロンドンだと、あなたは嫌なことを思い出してしまうのかしら」

「いや、そうではなくて……。君のことをどんどん好きになっていく自分が怖かったんだ。だから、なんとか距離を保とうとして、娯楽の多いロンドンに行こうと思った。そうすれば、君は私以外のことに目が向くだろうし、私は紳士クラブに出向いて時間が潰せると考えたわけだ」

「まあ、じゃあ……やっぱり私を避けていたのね？」

　そうでなければ、あれほどまでに露骨に家を空けないだろうとは思っていたが、本人の口から聞くと、なんとなく複雑な気持ちになってしまう。

「でも、君が楽しそうにしていると思うと、それはそれで気に入らなかった。私なんて必要じゃないかもしれないと思ったり、私がいない間に君が若い男に誘惑されているかもしれないと妄想したり……。一人で悶々《もんもん》とするばかりだった」

「お義母様とキャロがずっと一緒にいたのに」

「馬鹿だと思ってくれてもいい。でも、君を裏切ったりはしなかったよ。朝帰りをしたときも、賭博場で遊んでいただけだ。あのとき、見物していた女がやたらと擦り寄ってきて、それで香水の匂いがついたんだと思う。もちろん、私は誘惑してくる女が嫌いだから、相手にはしてない。それから、友人の家に転がり込んで飲んでいた。酔い潰れて、いつの間にか朝になっていたときは、本当に恥ずかしかったよ」

「あのとき、説明してくれればよかったのに……」

関係ないだとか、干渉するなだとか言うから、余計に疑惑を招いたのだ。本気で彼が裏切ったとは考えてなかったものの、かなりつらかった。

「恥ずかしかったから、君に糾弾されて、余計に居たたまれなかったんだ。許してくれ」

結局のところ、二人とも、相手に本心を隠したことがよくなかったのだ。もちろん、サラにも責任はある。そして、アレクにも。

「許すわ。あなたはちゃんと舞踏会にエスコートしてくれたし」

「君が侯爵夫人として蔑《ないがし》ろにされることを許すわけにはいかないからね。あのときの君は本当に綺麗だった……。どんな男だって見惚れる美しさだった」

アレクはサラの濡れた髪を指に巻きつけて、それにキスをした。

「あなたも……素敵だった。あのとき、やっぱりあなたにどんな仕打ちをされても、離れられないと思ったのよ……」

「それなのに、私が全部ぶち壊しにした。君に出ていけと言って……」

「子供っぽい真似をしてごめんなさい。しかも、思わせぶりなことを書いてしまって……」

「いや……。私には必要な荒療治だったよ」

アレクはサラの肩を抱き寄せて、頬や額や鼻の頭にもキスをする。

「君の大叔母さんには悪いけど、宝石箱を取り上げた曾祖母に感謝してるよ。そうでなければ、君に出会えなかった」

「そうね……。ふたつの家はきっともういがみ合うこともないだろうし」

サラは彼と顔を見合わせて笑った。

「子供ができるんだからね」

彼はサラのお腹をそっと撫でた。まだはっきりとは判らないが、もし違っていても、いずれは子供が生まれるだろう。

アレクにそっくりの赤ちゃんだと嬉しいわ……。

「ねえ、私にも触らせてくれる約束……」

サラは手を伸ばしかけたが、その手を摑まれる。文句を言おうとしたのに、今度は唇を塞がれた。

キスをされて、舌が絡まると、もう他のことはどうでもよくなってきて……。
身体が蕩けるのは、何より彼を愛している証拠なのだ。
そして……。
アレクはそっと唇を離した。
「愛してるよ、サラ」
彼の言葉が胸の奥に響く。
サラは彼の背中に手を回して、緑の瞳を見つめた。
もう一度、愛のこもったキスをしてもらうために。

あとがき

こんにちは。水島忍《みずしましのぶ》です。

今回の「アトリエの艶夜《えんや》」、いかがでしたでしょうか。ティアラ文庫では三冊目ですが、今までヒストリカル・ロマンスを書きたい気持ちが先走りしすぎていて、楽しく仕事できていたものの、けっこう大変でした。でも、今回は少し落ち着いていて、妄想の手綱《たづな》を上手い具合に操ることができたと思います。私がこの作品を書くのを楽しんでいたのと同様に、読者の皆さんにも楽しんでいただけると嬉しいです。

さて、今回のヒロイン、サラはとってもおてんば娘です。両親から愛され、兄から可愛がられ、弟にも懐《なつ》かれて、田舎で好きなことをして楽しく暮らしていました。なので、この時代の女性にしては、少々、自由に育ちすぎてしまったのです。

ちなみに、ヴィクトリア朝時代というのは、道徳の面ではかなりガチガチに厳格だったようです。というのも、ヴィクトリア女王が道徳的な母親に育てられて、地味で堅実、そして家庭的な女性だったからでしょうね。

その前は、リージェンシー時代と呼ばれていて、摂政《せっしょう》皇太子から国王となったジョージ四世の治世です（実は、間に別の王様が一人いますが、あまり目立ちませんね）。彼自身が派手好みで放蕩《ほうとう》者だったので、世の中ももう少し奔放な感じでもＯＫだったらしいですが（もちろん現代の基準とは違いますが）、ヴィクトリアンの女性は常に貞淑《ていしゅく》さを求められていたみたいです。特に若い未婚の淑女は。

で、サラは窮屈な寄宿学校に入れられても、自分を曲げずに生きてきました。早い話がとても自由に振る舞っていたので、学校では厄介者扱《やっかいものあつか》いでした。とはいえ、そこは男爵令嬢。しかも、お金持ち。男爵は何度も学校に呼び出されていたようですが、お金にものを言わせていたと思います。いや、大変ですよねえ（笑）。

リーダーシップを発揮していたので、友人からは慕われていたんじゃないかなあ。といっても、イタズラばかり率先してやっていたようですが。でも、面倒見はよかったような気がします。

そんなサラが未亡人を装ってリンフォード侯爵《こうしゃく》家に乗り込むのは、けっこう簡単だったと思います。もちろん、イタズラの延長みたいな気楽さで、思いつきを実行に移してしまったのでした。

けれども、アレクにいきなり裸になれと言われて、動揺しないわけがないです。隠そうとした挙句に、うっかり見られちゃったりして。サラは冒険心に富んでいますが、十八歳の未経験の淑女《しゅくじょ》なので、とんでもないことをしたと後悔します。しかも、アレクは魅力的で、誘惑されると抗えない。次第に彼に惹かれていって……。

まあ、それだけでも大問題なんですが、サラはアレクに嘘をついているわけです。お約束っていえばお約束なんですけど、アレクに嘘がばれた途端、甘い雰囲気は二人の間にはなくなってしまいます。

アレクは若い頃に女に騙されたトラウマがあって、それとサラの件を重ね合わせて、信用できなくなるし、サラはサラで、いろんな疑念を深めていくんですね。

まあ、そんな二人のすれ違いや、サラの大胆なところ、アレクの迷走ぶりを楽しんでいただけると嬉しいです。

アレクは傲慢《ごうまん》な侯爵様ではありますが、母と妹のことは大事にしています。それから、領地の経営に勤しみ、財産を増やそうと仕事をしている真面目な男です。サラに冷たく振る舞ったりしても、本当はヤキモチ焼きで、彼女が大切でなりません。

もっと素直になればいいのに……と、こっちは思いますが、サラに騙《だま》されたということでプライドも傷ついていたんでしょうね。ネタバレになりますが、そもそも彼は最初からサラ（フローラ）と結婚する気でいたのに、騙された後では、強制的に結婚させられたというか、結婚しなければならない状況（紳士として、良家の令嬢を誘惑しておいて、知らんふりはできない）に追い込まれたということが気に食わなかったのかも。

つくづく面倒くさい男だなあと、個人的には思うのですが……それでもサラが彼を好きなんだから仕方ないですよね（笑）。

とはいえ、彼のほうがきっとこの先もサラに振り回されると思います。結婚しても、子供が生まれたとしても、サラがこのまま大人しくしているわけがないと思うので……。妊娠中は、アレクの過保護ぶりが大変なことになりそう。

そうそう、侯爵様の描きかけの絵は、きっとドレスが上から描き足されているはず。ギャラリーに飾られて、サラはそれを見るたび赤面するわけですね！　うーん、やっぱり、この二人はラブラブで幸せな結婚生活を送ることになりそうです。

さて、今回のイラストは、えとう綺羅《きら》先生です。アレクがクールで知的な雰囲気でとっても素敵ですよね。さすが侯爵様って感じ。サラはじゃじゃ馬娘っぽい感じが可愛いです。表紙イラストで、アレクが真面目な顔をしながら、サラを脱がせようとしているところがなんとも言えず……。芸術のためと言われると、サラも抵抗できないかも？　サラの顔が恥ずかしそうで、色っぽいです。えとう先生、素敵なイラストをどうもありがとうございました。

十九世紀のイギリスものって、好きな人が多いそうですが、私も大好きなので、こういう話がたくさん書けたら嬉しいです。

それでは、また。

アトリエの艶夜《えんや》

ティアラ文庫をお買いあげいただき、ありがとうございます。
この作品を読んでのご意見･ご感想をお待ちしております。

✦ ファンレターの宛先 ✦
〒102-0072　東京都千代田区飯田橋3-3-1
プランタン出版　ティアラ文庫編集部気付
水島忍先生係／えとう綺羅先生係

ティアラ文庫WEBサイト
http://www.tiarabunko.jp/

著者――水島 忍（みずしま しのぶ）
挿絵――えとう綺羅（えとう きら）
発行――プランタン出版
発売――フランス書院
〒102-0072　東京都千代田区飯田橋3-3-1
電話（営業）03-5226-5744
（編集）03-5226-5742
印刷――誠宏印刷
製本――若林製本工場

ISBN978-4-8296-6578-7 C0193

ティアラ文庫

大正ロマネスク
死んでもいいほど、愛してる
ゆきの飛鷹
Illustration
笠井あゆみ
紫眼の貴族は神戸令嬢を愛す
国を追われたロシア貴族シューラと、
貿易商の令嬢・晶の情熱的な恋。
夢のように美しく儚い、艶やかな夜——。
耽美なる官能文藝。

原稿大募集

ティアラ文庫では、乙女のためのエンターテイメント小説を募集しております。
優秀な作品は当社より文庫として刊行いたします。
また、将来性のある方には編集者が担当につき、デビューまでご指導します。

募集作品

H描写のある乙女向けのオリジナル小説（二次創作は不可）。
商業誌未発表であれば同人誌・インターネット等で発表済みの作品でも結構です。

応募資格

年齢・性別は問いません。アマチュアの方はもちろん、
他誌掲載経験者やシナリオ経験者などプロも歓迎。
（応募の秘密は厳守いたします）

応募規定

☆枚数は400字詰め原稿用紙換算200枚～400枚
☆タイトル・氏名（ペンネーム）・郵便番号・住所・年齢・職業・電話番号・
　メールアドレスを明記した別紙を添付してください。
　また他の商業メディアで小説・シナリオ等の経験がある方は、
　手がけた作品を明記してください。
☆400～800字程度のあらすじを書いた別紙を添付してください。
☆必ず印刷したものをお送りください。
　CD-Rなどデータのみの投稿はお断りいたします。

注意事項

☆原稿は返却いたしません。あらかじめご了承ください。
☆応募方法は郵送に限ります。
☆採用された方のみ担当者よりご連絡いたします。

原稿送り先

〒102-0072　東京都千代田区飯田橋3-3-1
プランタン出版「ティアラ文庫・作品募集」係

お問い合わせ先

03-5226-5742　　プランタン出版編集部